# 海は地下室に眠る

The Sea in the Cellar

清水裕貴

Yuki Shimizu

角川書店

海は地下室に眠る

# プロローグ

私の主が死んだ。近頃、彼女は子供を次々に亡くしてひどく気落ちしていた。私は磁器に甘露酒をそそぎ、星の刺繍を飾って、あらゆる獣の肉、魚と薬草を煮込んだもの、地上の全ての果物を並べたけれど、彼女は口を開かず、日に日に痩せ衰えていった。最後の数日は、様子を見にきた陛下も目を背けるほどだった。

主の亡骸が運び出された後、彼女が住んでいた小さな宮は封印された。不幸な死に方をした人の住処は永遠に閉ざされて、私たち女官はおろか陛下も足を踏み入れられなくなる。広大な迷路のようなお城は幾百の建物、幾千の部屋を備えているが、人が住めない場所がどれだけあるだろう。

彼女を悼む間もなく、私は違う人にお仕えすることが決まった。その準備のために夜更けまで慌ただしく仕事をしていた時のこと、ふと誘うように涼しい風が入ってきた。こんな気持ちのいい夜は、よく彼女と一緒に散歩をした。

思わず、私は月明かりが照らす通路に出た。足は自然と彼女の住処だったところに向かう。彼女がここにいないのに、どうして私はまだ生きて働いているのだろう。この体もあの人と同じように、いずれ衰えて朽ちるだけだというのに。

小さな宮の入り口に着くと、封印されたはずの門が開いていた。部屋の戸はしっかり閉ざされ、人の気配も全くないが、格子窓から金色の光が漏れている。懐かしい宮は何故だか在りし日のように輝いて、池の蓮(はす)を柔らかく照らしている。

突然、強い視線を感じた。いつの間にか寝室の戸が開いていて、きらびやかな深紅の服を着た女の人が立っていた。私は悲鳴を上げそうになった。

死んだはずの主が、私をじっと見つめている。彼女は死の直前の衰えた姿ではなく、若々しい白い頰に大きな目をきらきらと輝かせている。艶(つや)やかな黒髪を高く結い上げ、金の飾りをいくつもぶら下げている。彼女は嫣然(えんぜん)と笑って手招きをした。

私は転がるようにその場を走り去った。通路に出ると女官が通りかかって、尋常ならざる私の様子を見て、何があったのかと聞いた。

「あの方が部屋にいたの」

そう言うと、女官が不思議そうな顔で主の宮を見た。宮の明かりは完全に消えていて、門扉は固く封印されている。

夢でも見たのよ、と言って女官は私を部屋まで連れていった。歩を進めるうちに足がもつれて、私は倒れるように寝台に寝転んだ。女官が心配そうに覗(のぞ)き込む。起き上がって何かを言おうとしたが、体に全く力が入らない。彼女は私の額に手を当てて、ひどい熱、と言った。

「確かに見たのよ……あの方が、微笑んで、私に、手を振っていたの」

先刻見た幻のことを必死に伝えようとしたけれど、声がうまく出せなくて、呼吸が苦しい。

霧がかかっていく意識の中で、ふと疑念が首をもたげた。生前の主は無闇な贅沢を嫌っていて、自室中では豪華な装飾品はつけなかった。誰よりも美しいのに、どこか朴訥とした人で、あんな艶やかな笑みを浮かべたことはなかった。

「あの人は、誰なの」

そう言うと、女官が私の唇にそっと指を当ててこう言った。

「何も言ってはいけないのよ」

次の瞬間、体中に激痛が走った。喉が詰まって、うぐ、と醜いうめき声が出た。私はたまらず目を閉じた。瞼の裏が真っ赤に染まって明滅する。

やがて深紅の視界から無数の蓮の花が浮かび上がり、絢爛な花模様になった。それは急速に回転し、輝く炎となって、私の思考を焼き尽くしていった。あらゆる音が遠ざかり、体は重力から解き放たれて羽のよう。私は意識の手綱を手放しながら、もう二度と、目覚めることはないのだと悟った。

## 2018年8月

京成電鉄稲毛駅の古びたホームをひょいと下りて、静かな住宅街を五分ほど歩くと、松が群生した小高い丘が現れる。背の高い松が夏の日差しを遮り、青い日陰を縫うように老夫婦が散歩している。

千葉市の海側に位置する稲毛区は、かつて別荘や料亭が立ち並ぶ風光明媚な避暑地だった。昔は丘の向こう側に遠浅の海が広がっていたが、高度経済成長期に大規模な埋め立て工事が行われて、海岸線はトラックが行き交う国道になっている。

私は駅前のコンビニで買ったソフトクリーム入りかき氷を食べつつ、丘を蛇行する遊歩道を上っていった。日陰は涼しげに見えたが、やはり歩くとだらだら汗をかく。

かき氷を食べ終わる頃にちょうど松林が途切れて、『市民ギャラリーいなげ』の敷地が見えてきた。ここは明治の実業家、神谷伝兵衛の別荘を利用した、市民の文化活動の拠点である。門をくぐると優雅な回遊式庭園が広がって、棕櫚の樹の奥に築百年の洋館が堂々たる風格で佇んでいる。伝兵衛邸の敷地内には後世に建てられた別館もあり、そちらが市民の展覧会や絵画教室を行うギャラリーとして活用されている。今日は『小学生夏休み絵画展』が開催中だ。

庭をゆっくり歩いていたら、「久しぶりだね」という声が頭上から降ってきた。傍らの大きな松の樹を見上げると、派手な作業服姿の男が枝に跨（また）がっていた。一体どこで買うのか、作業服はきらきらした玉虫色で、巨大な昆虫のようだ。

「正勝（まさかつ）さん、市民ギャラリーのお仕事もしていたんですね」

私がそう言うと、彼は「まあね」と言って松の枝から軽やかに飛び降りた。長身で肩も胸も厚く、横に立つと樹齢百年の松が若干小さく見える。

彼は椹木（さわらぎ）正勝という名の植物彫刻家だ。千葉の有名華道家の孫でもあり、若い頃からその活躍が注目されていた。彼は華道にこだわることなく、美術館でのインスタレーションからフラワーアレンジメント教室の講師まで幅広く仕事をこなしている。最近千葉テレビで小さな美術番組まで持ち始め、県内ではかなりの有名人になった。今この瞬間も、ギャラリーのお客が彼にちらちら視線を送っている。あるいは、単に派手だから視線を集めているのかもしれない。

彼は剪定鋏（せんていばさみ）を革製のウエストバッグに仕舞って、長い前髪をかき上げた。艶のある褐色のワンレングスの髪が、小麦色の肌とくっきりした目鼻立ちによく似合っている。

「ひかりちゃんがここに来るなんて珍しいね。美術館の仕事？」

「一応そんなところですかね」

私は千葉市美術館で学芸員として働いている。市民ギャラリーいなげは同じ千葉市管轄の文化施設だが、普段はほとんど交流がない。美術館は近現代の美術品の収蔵と大規模な企画展が主な仕事で、市民ギャラリーは市民の文化活動の支援を行う。訪れる客はいずれも見たいものを見にきているだけだが、担う役割が大きく違うのだ。

「今日は子供向けの美術イベントについて館長にお話を聞こうと思ってまして」

そう言うと、正勝さんは美しく整えられた眉をくいっと上げて「館長、いないよ」と言った。

「えっ」

「さっき、展覧会に参加している小学校の先生たちと一緒に出ていった。迎賓館にご飯食べにいったんじゃない？」

迎賓館とは、国道を挟んで向かいにあるハンバーグチェーン店のことだ。徒歩圏内に落ち着いて食事できるレストランがハンバーグチェーン店しかないので、市民ギャラリーの人々は迎賓館と呼んでいる。

「館長と約束してたの？　もう。忘れっぽい人だからなあ」

「いえ……。ふんわりと、見学に行きますって言ったくらいなので、会う約束をしたとまで言えないですね」

私の事情を長々とメールで読ませるのも迷惑かと思って、訪問する目的について館長に細かく伝えていなかった。『小学生夏休み絵画展』の大事な協力者である先生たちとの食事を優先するのは当たり前である。

私がため息を吐くと、正勝さんが顔を覗き込んで「怒ってる？」と言った。

「全然。最近仕事で空回りしてばかりなので、ちょっと自分に呆れただけです」

「ふうん。でも、ひかりちゃんはすごく優秀な学芸員だって、美術館のみんなが言ってるよ」

正勝さんはそう言って、左右対称の美しい微笑みを浮かべた。

彼は過去に何度か千葉市美術館の企画展に呼ばれて作品を展示している。ほとんどの学芸員と顔見知りだし、美術館の歴史にも詳しい。しかし彼はあくまでも外部の作家だから、微妙な内部事情までは知らない。私は「どうでしょうね」と言って苦笑した。

ギャラリーのエントランスに入ろうとしたら、小学生たちが楽しそうにお喋りをしながら出てきた。差し入れは大袋のお菓子にすればよかったな、と思いながら小さいお客さんたちに道を譲る。

館長と学芸員の執務室は入り口のすぐ脇のオープンスペースに設えられて、訪問客と交流しやすい設計になっている。今日は常連客らしきお年寄りがなにやら学芸員と話し込み、その足元で小さな子供が「鯉さんの餌……」と呟いている。学芸員はお喋りを切り上げて、書類と本と菓子の箱がぐちゃぐちゃに積み上がった館長の机から、金魚の餌を取って子供に渡した。庭の池に棲む立派な錦鯉は代々館長が世話をしているが、日中の餌の大半は訪問客からもらっているだろう。子供はお行儀よく礼をして、明るい庭にぱたぱたと走り出て行った。

相変わらず、おそろしくのどかなところだ。私は受付に差し入れの羊羹を置いて、お客たちのお喋りの輪を縫いながら鑑賞した。

展示を一通り見終わって庭に出ると、正勝さんがベンチに座って上品な老婦人と談笑していた。老婦人は丁寧に櫛が入ったミディアムボブの白髪で、薄紫色のフレアスカートが別荘地のマダムといった風情である。彼女は私に目を留めるとすっくと立ち、深々とお辞儀をした。

「千葉市美術館の松本（まつもと）ひかりさんですね。館長から、伝兵衛邸を案内するように仰（おお）せつかっております」

館長は私のことを一応気にかけてくれていたらしい。名刺を老婦人に渡そうとすると、彼女は「私はただのお手伝いですので」と辞退して、名乗る気配もない。すると横から正勝さんが「この方は浜中（はまなか）あやめさん。影の支配人」と、わけの分からない紹介をした。

「影の支配人ってなんですか」

「十年も伝兵衛邸の管理人として働いておられるんだ」

「館長よりベテランですね」

市民ギャラリーの館長は定年退職した美術教師の中から選出され、数年で入れ替わる。今の館長は三年目で、おそらくそろそろ任期切れだ。学芸員も任期付の雇用か、あるいは数年で転職をする人が多い。

一方、パートタイムの監視係や案内係は大抵美術好きの近隣住人で、けちくさい時給にも拘（かかわ）らず長年勤め上げてくれる。

「家事の合間に来て、お掃除しているだけですよ」

浜中さんは正勝さんの紹介をさらりと受け流し、「こちらへどうぞ」と言って、伝兵衛邸に向かって淑（しと）やかに歩いた。まるで賓客になった気分で後ろに続くと、正勝さんも仕事を放り出してついてきた。

お屋敷の正面に設らえられた扇型の石の階段は、タイル張りのピロティに続いている。ピロティは棕櫚の陰になって心地よい涼しさだ。浜中さんは見学者用スリッパを出して、私たちの目の前に置いた。あたふたとぼろい革靴を脱ぐと、彼女がすかさず揃えてくれて少し気まずい気持ちになる。

開け放たれた玄関扉からは、赤い絨毯が敷かれた螺旋階段と硝子のシャンデリアが見える。エントランスに入ってすぐ右側の大きな部屋は、暖炉やソファのある豪奢なダイニングルームだ。

「いい趣味してますね、伝兵衛さん。さすが、明治のワイン王」

神谷伝兵衛は浅草の神谷バーや牛久シャトーなどを創設したワイン商である。エレガントだけれど大仰すぎないい趣味のいい西洋風のダイニングルームは、今夜にもパーティーが開かれそうな雰囲気だ。

部屋をぐるりと回っていると、正勝さんが「ひかりちゃん、初めて来たの？」と聞いた。

「美術館に就職した後、研修で一日だけこっちで勤務したことありますけど、洋館を見学している時間はなかったんですよ。子供の時は、こんな場所があるなんて知らなかったし」

「ひかりちゃんってまだ二十代だっけ？」

「今年三十になります」

「それじゃあ、生まれた時はもうここは公開されていたのかな」

正勝さんがそう言うと、浜中さんが頷いた。

「そうですね、一九八九年に。このインテリアは、公開するにあたって、伝兵衛さんが住んでいた頃の状態を再現したものです。大正七年に竣工してからたった数年で伝兵衛さんは亡くなってしまって、その後お屋敷は様々な住人を迎え入れてきました。神谷家の人々だけでなく、軍の関係者や経営者などが住み、千葉市に譲渡された頃には全く違う様子になっていたそうです」

「ふうん。この家具はレプリカなんだね」

正勝さんがそう言って布張りのカウチをべたべた触ると、浜中さんはほほ、と笑った。

「ええ、だから家具は文化財じゃないんです。それでも、特注の上質な家具ですけどね……。では、地下室に参りましょうか」

「地下室なんてあったんですね」

「普段はお客様を入れないんですが、今日は絵を見にいらしたと聞いておりますので、ご案内します」

「絵ですか?」

私がそう聞くと、浜中さんが首を傾げた。

「千葉日報に載った絵を見にいらしたと、館長から聞いておりますが」

千葉日報は千葉県民の多くが愛読している、歴史あるコミュニティ新聞だ。千葉市美術館にも頻繁に取材に来てくれるし、家で父が購読しているが、生憎私はほとんど目を通していない。

首を傾げると、浜中さんは目を見開いてあら、と言った。

「昨年の秋頃、耐震工事の調査で地下室の壁を剝がしたら、中から作者不明の大きな絵が出てきたんですよ。新たな伝兵衛邸の歴史資料が見つかったということで、千葉日報の文化部記者さんが張り切って取材しにきて、ちょっとした騒ぎになったんですけど」

そんな話は初耳だが、ここ稲毛では大きな話題になったのだろう。私は「子供たちの絵を見に行きます」とメールに書いたはずだが、館長の頭から子供たちという単語がすっぽり抜けたようだ。私が児童の作品展を見に来るなんて、今まで一度もなかったのだから無理もない。

「今日は、小学生夏休み絵画展の運営について館長にお話を聞きにきたんです。今度、美術館で子供向けのワークショップをやりたいんですけど、私は全然そういうのに慣れていないもので……」

「それじゃ、ギャラリーの方に戻って館長のお帰りを待ちましょうか」

「いやいや、せっかくなので地下室の謎の絵も見ておきたいです」

そう言うと、浜中さんは苦笑して「綺麗（きれい）な場所ではないですよ」と言いながら、ダイニングルームを出てすぐ右側にある、階段の下の小さな扉を開けた。扉の向こうは簡素なコンクリート打ちっぱなしで、地下へと続く階段はぼんやりと暗い。

「秘密基地みたいだね」

正勝さんが楽しそうに言った。上階の美しさとは対照的に、壁も天井も何の装飾もない。大人一人が通れるほどの広さしかなく、過去は使用人しか出入りしていなかったのかもしれない。階段を下まで下りるとすっかり真っ暗になった。奥が全く見えないけれど、足音の反響で広いがらんどうの空間が広がっているのが分かる。

「千葉市に譲渡された時には既に地下室は空っぽだったので、過去の住人たちがここをどのように活用していたのか分かりません。防空壕（ごう）という説もあります」

浜中さんはスカートのポケットから懐中電灯を出して、近くの壁を照らした。壁も床もコンクリート打ちっぱなしだが、ところどころベニヤ板が貼ってある。湿気で劣化した部分を補強しているのだろうか。地下室は全体的に黴（かび）くさい。

「空気が悪いでしょう。具合が悪くなったらすぐに仰（おっしゃ）ってくださいね。私たちも基本的に入らないんです。だから掃除があまり行き届いてなくて、電球も替えそびれてまして」

浜中さんは懐中電灯で足元の床を照らしながら、ゆっくり地下室の奥へと歩みを進めた。周りの壁も天井も真っ暗で見えないが、彼女は今暗闇のどのあたりにいるのか分かるらしい。ある地点でぴたりと立ち止まって、懐中電灯の光を正面に向けた。

「こちらの絵です」

懐中電灯の金色がかった光が、キャンバスの一部を照らし出し、まず鮮やかな深紅が目に飛び込んできた。きらきらと光を反射する油彩の立体的なマチエールが、炎のように激しく渦巻いている。艶のある彩度の高い油絵の具は、今さっきここで画家が塗りたくったかのように、生々しい熱量を纏（まと）っている。

私は息を呑んで、「全体を見せていただけますか」と言った。

浜中さんは数歩下がって絵画の全貌（ぜんぼう）を満遍なく照らした。縦長のキャンバスは人の背丈ほどもあり、画面いっぱいに赤いドレスを着た女が描かれている。炎に見えたものは、ドレスの裾（すそ）

だったのだ。

女は白い壁の室内にいて、画面に対して背中を向けつつ、こちらを振り返っている。ダンスでも踊っているのか、スカートの裾は大きく広がって画面の下半分を覆い尽くしている。髪形や服装から察するに、大正か昭和初期の上流階級の日本人女性だろう。印象派風のざっくりとしたタッチで、決して写実的な絵ではないのに、すぐそこに生身の女が立っているような存在感だ。目の描写が巧みで、涙を湛えた眼球が艶々した輝きを放っている。

画面全体から、激しい感情が雨垂れのように降り注いでいる。画家が恋している人を描いたのだろうか。

「……ください」

何か話しかけられたと思ったら、頭頂部で小さなものがもぞ、と動く気配がした。

「うわっ、虫？」

慌てて払い落とすと、浜中さんが天井に懐中電灯を向けて「気をつけてくださいね」と言った。よく見ると、梁の間に細い銀糸が張り巡らされている。

「何度払ってもすぐに蜘蛛が巣を作ってしまうんです」

こんな素晴らしい絵を置いておく場所ではない。

「去年の秋からずっとここに置きっぱなしなんですか」

そう聞くと、浜中さんは頷いた。

「正体が分からないものですから、どうしたらいいのか判断できないようです」

「調査は進んでいないんですか」

「館長も学芸員さんも、市民ギャラリーのお仕事で毎日大忙しですから」

「ふうむ」

時々、美術館に唐突に謎の作品が持ち込まれることもあるが、調査の準備に数ヶ月、あるいは数年かかる。来歴がはっきりして無事所蔵できたとしても、展示する機会に恵まれず、何十年も日の目を見ないことも多々ある。それでも作品は焦らず、鑑賞者が前に立つのを静かに待っているものだが、この絵は違う。今すぐに光の下に出して、多くの人の目に触れさせたいと思わせる、切迫した何かが潜んでいる。

「この絵、私が調べようかな」

そう呟くと、浜中さんは意外そうに眉を上げて、「あら、そんなお仕事もされるんです？」と言った。

「美術館は色々な鑑定士さんとも繋がりがあるので。館長に言ってみます」

絵の鑑定なら市民ギャラリーより美術館の方が豊富なノウハウを持っている。とりあえず写真を撮っていいかと聞くと、浜中さんは快く頷いた。

正勝さんは珍しく黙りこくって、やや離れたところで私たちの様子を眺めていたが、唐突に「失礼」と言って、地下室から出ていった。

「トイレかな？」

私が首を傾げると、浜中さんはおっとりと微笑んだ。私はひとまず絵の全体を撮って、細部も複数枚に分けて写真に収めた。結局三十分ほど地下室に滞在していただろうか。二人でのんびり地上に戻ると、正勝さんがピロティの手すりにもたれかかって、項垂(うなだ)れていた。

「大丈夫ですか?」

彼は血の気の引いた顔で振り返った。

「ひかりちゃんはぐったりしない?」

「え、全然大丈夫です」

「そう。俺は苦手なタイプの作品だったな。悪い絵じゃないと思うけど、なんだか怖い」

正勝さんはぼそぼそと言った。描写は迫力があるけれど、真っ先に怖いという印象を持つ画題ではない。

「仕事に戻るね……」

彼はふらふらと松の樹に向かった。危なっかしい足取りで脚立に登る彼を見ていると、浜中さんがひそひそと「正勝坊ちゃんはお気に召さなかったようですね」と言った。

「坊ちゃん?」

「ああ、失礼しました。私は槌木勝美(かつみ)先生の教室の生徒だったんです。正勝坊ちゃんのことは小さい頃から知っているので、つい」

「浜中さんは華道を嗜(たしな)んでいたんですね」

正勝さんの祖母は華道家として市内で最も大きな教室を率いていた。十年以上前に他界しているが、千葉市の文化事業関係者の中では知らない人はいない。商工会や花柳会との繋がりが深く、彼女が生きていた頃は、あちこちの商業施設に彼女の豪勢な花が生けられていたらしい。私は幼い頃に何度か会ったことがある。堂々とした長身を高価そうな着物で包み、大きな目をぎらぎら輝かせた、正勝さんを女性にして迫力を倍にしたような人だった。

正勝さんがやけに浜中さんに馴れ馴れしいのは旧知の仲だったからなのか、と納得する。

「具合が悪くなるほど不快だったとは……」

浜中さんは正勝さんの姿を見つめながら、申し訳なさそうな顔で呟いた。

「不快というよりは、絵にあてられたという感じではないでしょうか。美術館の休憩室でも、あんな感じでぐったりしている人はよく見かけます。誰よりも長く展示室にいる監視係の人は、芸術作品に囲まれているうちに自然と消耗するので、休日は誰の作品でもない森や砂浜をゆっくり散歩するそうですよ」

そう言うと、浜中さんは「少し気持ちは分かります」と言って微笑んだ。

怖い、という感想は絵を貶すものではない。直接死体や暴力を描いているわけではないのに怖いと思われるのは、それだけ絵に複雑な魅力があるということではないだろうか。ただ心地よいだけの作品より、心にひっかかりを持たせる作品の方が面白い。人の強い思いが込められた芸術作品は、呪いと祝福を両方授かっていて、時に生身の人間を弱らせる。

その後、迎賓館から戻ってきた館長が「地下室の絵どうだった?」と聞きつつ、流れるようにギャラリーの応接室に案内して、誰かの差し入れの菓子でもてなしてくれた。まずは『小学生夏休み絵画展』の話を聞いたが、無邪気に子供たちを褒めるばかりで、有益な情報は何も得られなかった。面倒な展示準備は全て部下の学芸員がやっているらしい。館長はいつも穏やかで朗らかだが、豆腐のような手応えの人である。

「地下室の絵って、まだ調査しないんですか?」

そう聞くと、館長は苦笑した。

「新聞社の人は面白がっていたし、記事の反響もなかなかあったけど、そんな暇も伝手も予算もなくて」

私が調査をしてみてもよいかと聞くと、彼は神妙な顔になって、じっと私を見た。

「松本さん。なんだか、取り憑かれたような顔をしているねえ」

そう言われて、思わずちらりと窓を見た。硝子に映った自分の表情はいつもと変わらないと思えるが、確かにあの絵に強く惹かれすぎていて、取り憑かれたといってもいい状況なのかもしれない。今までかなりの数の名画を間近に見てきたが、これほど情動を揺さぶられたことはなかった。

再び京成電鉄に乗り込み、千葉駅に戻って繁華街を十分ほどてくてく歩く。美術館のモダンなグレーの建物が見えてきたあたりで私の足は急速に重くなったが、まだ勤務時間中なので、勝手に帰るわけにはいかない。

静まり返ったエントランスを通って、十階の学芸員室にエレベーターで上る。千葉市を一望できる窓際のデスクに座って、伝兵衛邸の地下室で撮った写真をパソコンに取り込んだ。

「松本さん、それ新しい企画？」

先輩学芸員の橋田（はしだ）さんがどこからともなく躍り出て、陽気に話しかけてきた。彼は一昨年（おととし）定年を迎えたが、再雇用されてアドバイザーとしてあちこちの企画に顔を出している。専門は近代日本における西洋画で、若い頃は大掛かりな展示を数多く担当していたらしい。しかしその蓄えた知識を披露してくれることは滅多になく、本当にただ顔を出しているだけだ。いつも鼈甲（べっこう）の眼鏡にリネンのシャツでふんわりお洒落（しゃれ）に決めており、暇そうな人を見つけてはファッションや美味（おい）しい店についてのお喋りに興じている。悲しいことに、最近は私が一番多く話しかけられている。

「この前のコンサートみたいな、面白いのがまたできたらいいね」

「そうですね……」

今、私が暇なのはまさにそのコンサートのせいなのだが、彼は分かっているのかいないのか、にっこり笑って「期待してるよ」と言った。

昨年のクリスマスに美術館一階のホールで開催したコンサートのせいで、私は今仕事を干されている。

例年、クリスマスは市民音楽団に依頼してクラシックを演奏していたが、私は新風を吹き込むべく、新進気鋭の音楽家を集めて海をテーマにした新曲を演奏してもらった。さらに正勝さんに会場装飾を依頼して、ホールに砂を敷き詰め、流木や海藻で作ったオブジェを展示した。

様変わりした美術館の風景に驚いたお客さんが続々と写真をＳＮＳに投稿し、集客は過去最高を記録した。

しかし問題は片付けの後に起きた。正勝さんが敷き詰めた砂にヤドカリが迷い込んでいたらしく、美術館の中をしばらく彷徨(さまよ)い、学芸部長のデスクの中に入ってしまったのだ。間が悪いことに、ヤドカリはちょうど学芸部長が引き出しを開いた瞬間に、おやつのクッキーの上を歩いていた。

学芸部長は市街地の真ん中のビルの十階に何故ヤドカリがいるのかと驚き、ホールで開催されていたイベントの詳細を聞いて激怒した。私は事前に企画書を提出し、学芸部長の了承も得ていたが、砂を敷き詰めるというのは正勝さんが直前に思いついて急遽(きゅうきょ)取り入れたアイディアだったのだ。私は清潔な人工砂を使うと聞いていたが、臨場感を出すために正勝さんが海浜公園で拝借したものを混ぜたらしい。

かくして、小さな一匹のヤドカリのせいで私はあらゆる展示から担当を外されることになった。一昨年美術館に入ったばかりで、これからやっと自分の企画展ができそうだったのに、助手すらも外されて、ただ所蔵作品の目録を眺める日々である。

先輩たちは自分たちに飛び火するのを恐れて一切フォローせず、ひそひそと「フナムシの方がまだましだったね」と言った。学芸部長は生き物の中で甲殻類が最も嫌いらしい。フナムシだって甲殻類である。

ちなみにクリスマスコンサートのせいで私が仕事を干されているということは、正勝さんには伝えていない。責任を取るのは私の仕事なのでもともと言うつもりはなかったが、先輩学芸員たちから「外部の人間に余計なことを言わないように」と強く言い含められたのだ。問題が起きたこと自体が問題なのではなく、問題が露見することが問題なのである。

せめて使っていない講義室で子供向けのワークショップでもできないかと思って市民ギャラリーに行ったのだが、小学生の展示よりも地下で出会った絵の方が強く印象に残っている。あの絵の正体が分かれば、新たな企画展の目玉にできるかもしれない。

私は橋田さんの雑談を適当に聞き流しながら、収蔵作品をまとめた画集を捲った。美術館は千葉にゆかりのある芸術家の作品を多数収蔵しており、その多くは江戸時代から昭和初期にかけて描かれた絵画だ。もしかすると、地下室の絵は美術館が扱っている画家の未発表作品かもしれない。

どんな人がどんな気持ちであの絵を描いたのか、なるべく具体的に想像しながら作者を探す。きっと、穏やかで心地よい感情だけを集めて生まれた絵ではない。画家が筆をとる動機は必ずしもポジティブなものではなく、むしろ悲しみや怒りを感じた時の方が多い。あるいは、逃れることのできない恐怖を克服するために。

手がかりは見つからなかったが、残業も許されない立場なので、午後五時ぴったりに退勤した。斜向かいのコンビニで発泡酒を数本買って、美術館から徒歩三分の実家に帰る。空は透明な水色が残っており、夜はまだ遠い。去年の今頃は毎日残業していたからその立地に随分助けられたが、今はもっと遠くに帰りたいと思う。

実家は祖父母が建てた古い小さなビルだ。その一階で齢七十三になる父が『ロータス』という喫茶店を営業している。かなり老朽化が進んで廃墟一歩手前に見えるのだが、古さが何周もしてレトロな魅力があるのか、しばしばお洒落な若者が期待に満ちた顔つきで入ってくる。しかし喫茶店の中は壁もテーブルもヤニが染み付いて、どう解釈しても味のあるという範疇を超えているので、若者はそそくさと帰ってしまう。

母が一緒に喫茶店で働いていた頃は小綺麗にしていたけれど、父一人だと、どうも拭いきれない鄙びた空気が店を支配する。

ロータスはもともと祖母が経営していた美容院だった。祖母が現役の頃は父も美容師として働いていたが、祖母が亡くなったら流行らなくなったので、喫茶店に変えてしまった。しかし彼の力では祖母が経営していた頃の賑わいを取り戻すことはできず、近所の人々はいまだにうちを『玉子さんの店』と言う。玉子とは、私の祖母の名前だ。

私は祖母の現役時代を一切知らないが、街の人たちが言うにはいくつになっても勉強家で、和髪から今風なカラーやパーマまで上手にこなす、老若男女に信頼される美容師だったそうだ。

一方、父は昔からマイペースで、流行りのカフェに対抗する気など微塵もない。高齢の常連客が世間話ついでにコーヒーを飲みに来てくれて、どうにか店を保っている状態だ。いまさら客が増えても父一人じゃ対応できないし、このまま常連客の寿命と共に、自然に朽ちていくつもりなのかもしれない。

喫茶店の隅の階段から二階に上って、家族用のリビングルームで発泡酒の缶を開ける。リビングルームに置かれているのは、簡素な木のテーブルと滑らかな革のソファだ。嫁いでくる母のために祖母が設えた家具は、一階の喫茶店よりすっきりして見栄えがいい。

私も父も、祖母が作り上げた場所でどうにか生きている。しかしこれ以上大きくすることも、新しく塗り替えることもできず、隙間に黴と埃(ほこり)が蓄積していくばかりだ。ソファに座ると、窓の正面に夕日を浴びて黄金に輝く美術館が見える。子供の頃は美術館のある風景が誇らしかったが、今はうんざりする。

私は東京の大学で学芸員資格を取得し、卒業後は国内外のギャラリーや美術館の非常勤を転々としていた。常勤の学芸員は非常に狭き門で、なかなか空きが出なかったのだ。どうにか採用試験に通ったのがたまたま地元の美術館だったが、ここが最終目的地ではないと常に思っている。それならどこに行きたいのかなんて全然分からないけれど、少なくともヤドカリ一匹で何ヶ月も干されるような場所には居られない。

「おーい。チーズハンバーグカレーとハムカツカレーどっちがいい?」

閉店時刻の一時間前だが、父が夕食が載ったお盆を持って二階に上ってきた。最近はお客がいないとラストオーダーの時間より前に閉めてしまう。

「チーズハンバーグカレー」

「なんだお前、雨上がりの都川(みやこ)みたいな顔色してる」

父は非常に溌剌(はつらつ)とした表情でそう言った。私はこの家で毎日夕暮れを見ていたら気が狂いそうになるけれど、父はこの街の時間の濃度が合っているんだろう。喫茶店に集う高齢の常連客たちはいつも生き生きとした顔で世間話をしている。

「今日、稲毛に行ってたのか?」

父がカレーとサラダの皿をダイニングテーブルに並べながらそう言った。

「なんで知ってんの」

私は冷蔵庫から二本目の発泡酒を出して、コップとカトラリーと一緒にテーブルに並べた。

「川崎(かわさき)さんが伝兵衛邸の近くでひかりを見かけたって言ってた」

川崎さんが誰なのか私は知らないが、近所の年寄りたちは誰がどこの家の子供なのかよく覚えているので、私の行動は筒抜けだ。千葉市美術館に就職が決まって実家に戻ってきた時、初出勤日より前に「就職おめでとう」と知らないおばあさんに話しかけられた。

「絵を見てきたんだよ」

そう言うと、父は呆れた顔をして「お前は絵を見てばかりだな」と言った。そういう職業なのだが、父にとっては摑(つか)み所のない珍妙な仕事に思えるらしい。私たちは向かい合わせに座って、いただきますと言って手酌で発泡酒を注いだ。

「あと槇木勝美先生のお孫さんにも会った。偶然だけど」

「ああ、フラワーなんとかの。勝美先生は、よく母さんのお見舞いに来てくれたな」

父はそう言って、発泡酒をぐび、と飲んだ。正勝さんの祖母は、私の祖母の古い友人だった。晩年の祖母が入院していた病室に、まめに通ってくれていた。

「そのお孫さんと一緒に、伝兵衛邸の地下室で発見された謎の絵を見学してたの。去年結構話題になって、千葉日報にも載ったらしいんだけど、知ってる？　この絵」

携帯電話で撮影した写真を見せると、父は画面を覗き込んで眉間(みけん)に皺(しわ)を寄せた。

「知らん。なんだか、不気味な絵だな」

父は正勝さんと似た感想を述べた。

「どのへんが不気味なの？」

「そういう怪談が流行ってたんだよなあ、子供の頃……。大きなお屋敷の一室に、心を病んだ奥さんが閉じ込められていて、真っ赤なドレスを着て窓辺で踊ってるんだ。そこにうっかり通りかかると、奥さんが踊りながらニコッと微笑んで手招きをする。うかうか窓辺に近づくと、ガシッと腕を摑まれて、部屋の中に引き摺(ず)り込まれ、八つ裂きにされる……。近所に大きな洋風の家があってさ、迫力があって暗くて怖かったから、みんなそんな噂話をしてたんだ」

「それって伝兵衛邸のこと？」

「いや、稲毛のあたりまではほとんど行かなかったから、違うと思う。もっと近所の話だ。昔は立派なお屋敷が色々建ってたんだよ。なにしろ戦前は花の軍都、将校さんやお妾(めかけ)さんの別宅が京成の線路沿いにずらりと並んでたな」

父はカレーをちびちび食べながら、この街が過去どんなに栄えていたかを語った。どうも近頃昔話が増えて、壊れたレコードのように同じ話を繰り返している。認知症になったわけではなく、アイドルにはまった子が同じ話を繰り返す様子に似ている。自分が根を張って生きている場所への誇りを持つことが、老後の趣味になっているようだ。

千葉市中心部は戦時中に陸軍学校や鉄道部隊の拠点があったので、このあたりは軍人や政治家が行き来する歓楽街だった。その名残で昭和初期までは随分華やかだったらしいけれど、それのどこが栄光の過去なんだろうと思う。

「ちなみに、真っ赤なドレスの奥さんを無視して通り過ぎようとすると、すごい速さで外に出て来て、やっぱり八つ裂きにされて千葉公園の茂みに捨てられる。だからあそこは彼岸花が綺麗に咲くんだってよ」

「どっちにしろ助からないんだね」

「無事に逃げる裏技もあった気がするけど忘れた」

父ははっと笑って、機嫌よく発泡酒を飲み干し、寝室に向かった。


朝八時半に私が出勤する時、喫茶店は既にモーニング営業を始めている。いつも窓際の色褪(あ)せたソファに白髪の老女が腰掛け、真ん中のテーブル席でくたびれたスーツの男が新聞を読む。みんなの指先からもうもうと煙草の煙が立ち上って、白く霞(かす)んだ室内に、金色の朝日が放射状に差し込んでいる。

壁に掛けられた大小様々なフォトフレームの中心には、若かりし頃の祖母がいる。ここはいまだに『玉子さんの店』だから、祖母を懐かしがる人たちのために、彼女の思い出があちこちに飾られているのだ。写真の中の祖母は小柄で地味な顔立ちだが、笑顔が潑剌として、従業員や客たちと肩を組んでポーズを決めている姿は勇ましい。

私が物心ついた頃には彼女は既に引退して、癌と様々な合併症を患って病院に入ったきりになっていた。何度か父と一緒にお見舞いに行ったけれど、髪の毛も眉毛も睫毛も真っ白で、腕は海岸の流木のようで怖かった。祖母は終始眠そうな顔で大人しく、父も無口にタオルや衣類を交換するだけだった。

まれに祖母の体調が良い時は、私に微かな笑みを向けて話しかけてくれたが、会話は成立しなかった。祖母はよく「お友達とどこで遊ぶの」と質問した。私はその都度公園や神社、デパートの広場など、色々な場所を答えていたが、彼女が私の話を正確に聞き取ったことは一度もなく、決まって「稲毛の浜辺は楽しいね」と言った。

稲毛の海浜公園はバスに乗らないと辿り着けないので、幼い頃は大人に連れていってもらわないと行けなかった。しかし「海なんか行かないよ」と言うのは躊躇われて、幼いながらも空気を読んで頷いていた。

彼女は眩しそうな表情で、稲毛の海の思い出を語った。浅瀬に浮かぶ小舟と、海の家で食べた貝。どれも今の海浜公園には存在していない。彼女は埋め立て工事が行われる前の海岸の話をしていたのだ。

私が祖母の話を聞いている時、父は会話に入ることなく、黙々と世話を続けていた。彼が知る海もまた、違う海だったのだろうか。あるいは遠い過去に意識が旅している人に、現実の声をかけるのが怖かったのだろうか。寝言に返事をするのが禁忌であるように。お喋り好きなくせに、父は祖母と一緒に昔話に花を咲かせることはなかった。

タイムカードを押した後、広告と総務の業務連絡しか入ってこないメールボックスを確認して、常設展示室をぶらりと歩いた。地下室の絵の手がかりになるものはないかと思って壁を眺めていると、『稲毛海岸』という絵が目に留まった。

明治時代に来日していたフランス人画家、ジョルジュ・ビゴーが稲毛海岸を描いた油画である。ビゴーは伝兵衛邸の近くにアトリエを構えていて、稲毛の風景を何枚も描いていた。埋め立て前の古い海岸の地形や、人々の様子が巧みに表現されており、その資料性の高さも評価されている。

画面の左側に淡い青色の海が描かれ、右側に海浜植物が繁茂する浜辺と、木造家屋の素朴な街並みがある。波打ち際に座り込む褌(ふんどし)姿の漁師や浅瀬の小舟、海上に突き出した神社の鳥居、着物姿の観光客など、今となっては失われた光景が沢山詰め込まれている。

「ビゴーのことで何か気になることでも?」

ふわりと甘ったるい香りが漂ってきたかと思うと、背後に橋田さんが立っていた。ジョルジュ・ビゴーは橋田さんの専門分野にまさに当てはまる。しかし今はビゴーのことを知りたいわけではないし、彼に教授していただく気分ではない。

「何もないです」

「あ、そう。あのさあ、もし暇だったら、僕の仕事手伝ってくれないかな」

橋田さんはそう言うと、私を展示室からずるずる引っ張り出して会議室に連れて行った。

もったいつけたようにごほんと咳払いをしてから、ぺらっと出された書類には、『NEW OCEAN ～千葉の現代美術とレガシーが出会い、そして未来へ～』というタイトルが記されている。

「新しい企画展ですか」

「そう。再来年に現代美術のグループ展をやるんだよ。うちの所蔵作品をいくつかピックアップして、若い新人作家にそこからイメージを膨らませた作品を作ってもらって、所蔵作品と一緒に展示をするんだ。美術館の歴史ある所蔵品を紹介しつつ、イキのいい新人作家の発表の場にもなるという、一挙両得な企画だ。楽しそうだろう」

「はい、とても」

素直にそう言うと、橋田さんは「そうだよね、そうだよね」と笑顔で頷いたが、次の瞬間、変面のごとく急に深刻な顔になって、ひそひそと「市議会の先生が提案した企画なんだ」と言った。

「行政がらみですか……」

「うちはもともと役所のお膝元だろう」

確かに千葉市美術館は公的な資金で運用されているが、企画の内容にまで行政の思惑がからむのは健全ではない。

「再来年、二〇二〇年の夏は東京オリンピックだろ？　世界中が日本に注目するこの時期に、新旧アートのコラボレーションを披露し、美術界における千葉のプレゼンスを高めよと県からお達しが出たんだ。芸術の千葉大躍進政策だよ。しかし他の学芸員が誰も手を挙げないから、僕が担当になった」

通常、企画展は担当の学芸員がコンセプトも内容も作家も全部自分で考える。他人が考えた曖昧(あいまい)な企画書を実行に移すことほど面倒なことはないし、企画者が権力者となれば、理不尽で急な変更が生じる可能性も高い。他の学芸員が断った気持ちはよく理解できる。助手すらも見つからなくて、彼はこうして干された私に声をかける羽目になっているのだろう。

こんな面倒臭そうな案件を橋田さんが引き受けたのは、偉い人にいい格好をしたかったからに違いない。しかし彼は現代美術には詳しくないし、新人作家など名前もろくに知らない。作家の選出はどうするつもりなのかと思っていると、橋田さんは「というわけで、作家さん集めよろしくね」と言った。

「は?」

「松本さんは若いから若い人に詳しいでしょ。若い感性で、作家選びよろしく頼むよ」

橋田さんは、それ以外に取り柄はないと言うかのように若いを何回も連呼して、朗らかに笑いながら会議室を出て行った。

## 2018年9月

狭い街だというのに私が日々通る道は決まっていて、馴染みのない通りでは知らない間に栄枯盛衰が繰り広げられている。風俗街に久しぶりに足を踏み入れたら、見慣れぬ看板が増えていた。メインストリートに立ち並ぶビルの中には無数のお店がひしめいているのに、昼は静かで、通りを歩く人の姿もほとんどない。しかし色硝子を無防備に覗き込むと、室内の暗がりに立つ黒服と目が合ってぎくりとする。

ラブホテルの脇の角を曲がって、小さな路地に入った。表通りとは雰囲気が一変して、古い民家が立ち並び、柔らかい日だまりの中で朝顔やアロエがすくすく育っている。路地の突き当たりには瓦屋根の大きな銭湯が建っていて、「蓬萊湯」という看板が庇の上に乗っかっている。

蓬萊湯は十二年前に店主が死去して閉業し、今は店主の娘がアトリエに改装して使っている。沼田春子という名で、色鮮やかで大胆な筆致の風景画が得意な画家だ。

「春子さん、こんにちは」

正面玄関の前で声をかけると、中から「入っていいわよ」と返事が聞こえた。

硝子の格子扉を開くと、まず色褪せた富士山の壁画が目に飛び込んできた。脱衣所と浴室、男湯と女湯を隔てる全ての壁が取り払われて、玄関の真正面の大きな壁に富士が二連並んでいる。切妻屋根の斜めの天井は高さが四メートルはあるだろうか。天窓から明るい自然光が降り注ぐ空間は広々として清々しい。

富士の左右の壁には大小様々なキャンバスが立てかけられて、床の上には画材が入った木箱が乱雑に積んである。木箱の横で家主は座布団も敷かず板間に胡座をかき、お絵描きに夢中な幼児のようだ。服装も、カラフルな花模様のスパッツにアロハシャツで実に楽しげである。

彼女は尖った肩に手をかけ、休憩中のバレリーナのようにストレッチをしながら、ゆっくり振り向いた。

「スリッパ……そこにあるの使って」

「あ、はい」

銭湯のロゴが入った古びたスリッパを履いていると、彼女は「メール読んだけど、よく分からなかったわ」と言った。

「じっくり説明します」

春子さんの前に正座して『NEW OCEAN ~千葉の現代美術とレガシーが出会い、そして未来へ~』の企画書を渡すと、彼女はアロハシャツの胸ポケットから金縁の老眼鏡を出し、書類を見つめた。

「担当学芸員は橋田って書いてあるけど、あなたは松本さんよね?」

「実は先輩の案件なんですけど、私が責任もって進めますので」

そう言うと、春子さんは皮肉っぽい笑みを浮かべて「若い人は大変ね」と言った。

この企画展は、私がどんなにこき使われても最終的には橋田さんの実績になる。しかし私以外に手伝える人がいないし、所蔵作品と新作をコラボレーションさせるという企画を聞いた瞬間、頭の中に何人かの作家の顔がふわふわと浮かんでしまったのだ。

「NEW OCEAN ってことはさ、海の作品がいいの？」

「そのタイトルは上の人が適当につけたのであまり気にせず。画題はなんでもいいです」

「『そして未来へ』ね……。棺桶にほとんど両足突っ込んでるババアだけど、大丈夫？」

春子さんは今年で七十三になる。彼女が独学で絵を描き始めたのは六十を過ぎてからで、七十手前の時に初めて千葉市のカフェで個展を開催した。それが評判を呼び、首都圏のギャラリーやアートイベントで順調に絵を発表し続けている。芸術系の大学出身者が大半を占めるこの業界では異色の経歴だが、誰にも似ていないのびのびとした鮮烈な魅力がある。私は何度か個展を見ていて、いつか一緒に仕事をしたいと思っていた。

「年齢は関係ありません。今を生きていることが大事なんです」

実年齢ではなく芸歴で考えるのが通例なので、春子さんも十分新人作家といえる。

「あっそう。ところでお金もらえんの？　これ」

「謝礼は勿論支払います」

「ふうん。トイレをね、リフォームしようと思ってたのよ。あたしもそろそろ膝が悪くなってきたから洋式にしないといけなくって」

美術館での展示は芸術家にとって大きなステップアップなのだが、春子さんにはどうでもいいことらしい。そんなところも彼女らしいなと思いつつ、さくさくと報酬と経費についての細かい説明をする。春子さんは金額に納得してくれたらしく、鼻歌を歌いつつパラパラと企画書を捲った。

「あたしがコラボレーションする所蔵作品は、好きなものを選んで良いの？」

「はい、勿論です。何かご希望はありますか？」

「ジョルジュ・ビゴーがいいわ」

　春子さんはぱしん、と小気味のよい音で企画書を叩（たた）いてそう言った。

「『稲毛海岸』ですか？」

「そう。あの絵は、あたしが子供の時に見た風景そのままなの。埋め立て工事が始まったというニュースを見た時は、すごく悲しかったわ。あたしも、ビゴーみたいに美しい海辺を描きたい」

　埋め立て工事が始まったのは六十年代だ。千葉の新人作家の中で、埋め立て前の稲毛海岸を実際に歩いてたのは春子さんくらいだろう。これ以上ぴったりの描き手はいない。

「では『稲毛海岸』の使用申請を出しておきます」

　思いのほかさくさくと展示内容が決まって、意気揚々とメモ帳に書き込んでいると、春子さんはじっと私の顔を見つめた。

「松本さんはビゴーが嫌い？」

「え、そんなことないですよ」

「そう？　ビゴーの名前を出した時に、一瞬表情が曇った気がしたから」

春子さんはそう言って、いたずらっぽく微笑んだ。さすが優れた目を持っているなと思いつつ、一応否定しておく。作品を守る立場の学芸員が、所蔵作品を好き嫌いで語るのは相応しくない行為だ。それに嫌いというほど強烈な感情ではなく、あの絵が纏っている空気が少し苦手なだけだ。

あの絵には、色々な人の淡く明るい郷愁が染み込んでいる。『稲毛海岸』が展示室に掛かっていると、しばしばお年寄りのお客が立ち止まって昔話に花を咲かせる。絵の中で海を眺める人たちと同じように、懐かしそうな顔でぼうっと絵を見つめるのだ。その空気があまりにも穏やかで優しすぎて、私はそわそわしてしまう。どうしても病室の祖母の顔が浮かんで、寂しい気持ちになるのだ。彼女は海に行きたがっていたけれど、一度も外出できずに小さな病室で亡くなった。

「絵の右側にさ、一人で海を見ている着物の女がいるでしょう。あの人がね、少し、あたしと仲良くしてくれた人に似ているのよ。うちは銭湯にする前は料亭でね、芸者のお姐さんが、暇な時にあたしを海に連れ出して、一緒に散歩してくれたのよ」

「料亭……というのは、芸者遊びをする場所ということですか」

私ががらんとしたアトリエを見回すと、春子さんは頷いた。

「今は見る影もないけど、うちはそこそこ大きな料亭だったのよ。この辺は茶屋街でね、美術館のあたりにかけて、ずらりと置屋や料亭が並んでいたの。夕方になると着物姿の綺麗な姐さんたちがカラコロ下駄を鳴らして歩いていたわ」

「祇園みたいな感じだったんですか?」

千葉市が栄えていた過去については父から散々聞いたが、芸者の話題は出なかった。娘に話すのは気まずかったのか、生々しい夜の世界の話は完全に省かれていた。

「あそこまで規模は大きくないけど、結構盛り上がってる花街だったわよ。でも今は、なんだか時代の流れに取り残されちゃったみたいね。まったく。せめてもう少し飲める店があれば楽しいのにさ。まともなご飯が食べられる店も、ロータスくらいしかないし」

「春子さんロータス行ってるんですか?」

思いがけず父の店の名前が出て驚いたところに、がらがらと格子扉が開いて、岡持を手に下げた父が入ってきた。

「春子さん、ソーダとナポリタン持ってきたよ……あれ、ひかり何してんだ」

「そっちこそ何してるの?」

「出前だよ。見ればわかんだろ」

「あら、松本さんは海彦と知り合いなの?」

春子さんがそう聞くと、父が気まずそうに笑って「うちの不肖の娘です」と言いながらターコイズブルーのクリームソーダとナポリタンを置いた。春子さんはソーダに口をつけつつ「そういえば苗字が同じねえ」と呟いた。

ロータスの常連客なら全員もれなく私のことを知っているが、春子さんは古い常連客たちの噂話には参加しないのだろう。彼女は十二年前にここを継ぐまでは東京に住んでいたので、住人たちとは微妙に距離があるのかもしれない。

「海彦にこんな立派なお子さんがいるなんて。でも随分若いわね。奥さん頑張ったわね」

「妻とは年が離れてたもんで」

父が気まずそうに言うと、春子さんはそれ以上詮索しなかった。

「あたしと海彦はね、家が近所で年も同じだったから、子供の時はよく一緒に遊んだのよ」

「いやいや、俺なんかたまに相手してもらってたという感じで、一緒に遊ぶなんて恐れ多い人だったよ。春子さんは昔から大人っぽくて綺麗だったから、高嶺の花でね。お稚児さんみたいに荷物をもって、芸者の姐さんたちの後ろを歩いたりなんかしてたよね」

父はてれてれと薄気味の悪い笑みを浮かべながらそう語った。確かに春子さんは今でも十分色っぽいので、昔はさぞかし美しい少女だったのだろう。

「もともと芸者になる予定だったたし、幼い頃は見習いさせられてたのよ。料亭の経営は兄たちがやる予定だったから、女の子は芸者になるしかなかったの。でも初潮を迎えるくらいになると、どうもお座敷じゃ使えなそうだっていうのが分かるのよね。だから口減らしで、親戚の劇団の下働きに出されたのよ。それからずっと東京にいて、親が死ぬまでこの街には帰ってこなかった。ブスだから、捨てられたの」

春子さんはさらりと苦労多き半生を語った。

彼女が画家になるまでの人生については、過去のインタビューから情報を得ていたが、てっきり好きで選んだ道なのかと思っていた。彼女は高度経済成長期の映像文化が花開く時代に、華々しい映画やテレビの現場で美術の仕事をしていた。婚姻歴はあるそうだが、子供はおらず、今は一人だ。

父は俯いて「春子さんは美人だよ、今も昔も」と呟いた。問題の本質はそこではないような気がするのだが、春子さんは鷹揚に笑って「ありがとう」と言った。

春子さんはあっという間にナポリタンを平らげると、黙ってキャンバスと向かい合った。私と父は邪魔にならないようにそっとアトリエを出て、一緒に帰路についた。彼女が寂しい少女期の話をしたせいか、帰り道の父は元気がなかった。

「そういえば、俺たちが十二くらいの時だったかな。春子さんが一週間くらい行方不明になったことがあるんだよな」

父はぼんやり空を眺めてそう言った。

「え、誘拐とか？」

「分からん。ある日突然忽然と姿を消して、町中が大騒ぎしていた。ちょうど赤いドレスで踊る女の怪談が流行ってた時期だったから、どこからともなく、お屋敷に引きずりこまれて殺されたっていう噂も出てきて、俺たちガキどもはみんな青くなってたよ」

「無事だったの？」

「今の元気な春子さんを見れば分かるだろう」

生きて戻ってきたということは分かっていても、十二歳の女の子が一週間も行方不明になるなんてぞっとする話だ。

「春子さんはある時けろっと無傷で戻ってきて、何事もなかったかのように生活してたんだ。心を病んでいる様子もなかった」

「何があったのか、本人に聞いてないの？」

「あの時、あの人は大人たちにしつこく聞かれても何も語らなかった。今も、誰も知らない。春子さんが自分から言わない限り、俺は詮索するつもりはない。今は元気にしてるんだから、それでいいんだ」

父はそう言いながらも、明らかに失踪事件の真相を気にしている様子だ。

六十年も前の話なのだから、案外隠したこと自体を忘れているだけなのかもしれない。大抵の秘密は数十年経てば急激に軽くなる。折を見て聞いてみようかなと思っていると、父が私の気配を察して「お前、絶対聞くなよ」と釘を刺した。

2018年11月

傾いた日差しが通りを照らして、長い影法師が行き交っている。影法師には名前がなく、余程高度な監視社会が完成しない限りは、今ここで誰がどんな思いを抱いて歩いているのか、全く記録に残らない。人生の細かな足跡が文書として残される人はごく僅かだ。多くの人は、そんなものは残ってほしくないと思うだろう。春子さんだけでなく、誰しも隠したいことはある。稲毛駅から旧海岸線に向かって歩くと、浅間神社の隣に愛新覚羅溥傑仮寓という建物が現れる。満州国皇帝、愛新覚羅溥儀の弟が日本人妻と新婚時代を過ごしたお屋敷だ。伝兵衛邸とは浅間神社を挟んで徒歩五分の位置にある。

清王朝最後の皇帝、愛新覚羅溥儀とその弟溥傑の人生は、様々な人の手で記録に残されている。自伝もあるし、嘘か本当か分からない他人の証言まで混ぜこぜになったフィクションもある。特にラストエンペラーとして有名な溥儀に関しては、本来なら知られなくたっていいような性癖まで暴かれ、弱々しい傀儡の皇帝の物語が後世に伝えられている。まるで死んだ後も王朝を崩壊させた罪を贖わされているみたいだ。

細長いスロープを上って、こぢんまりとした玄関扉を開くと、お屋敷全体がガタガタと鳴っていた。庭に風が吹き抜けて縁側の硝子戸を震わせているのだ。薄くて歪な硝子が揺れて、乱反射した西日が座敷の中を駆け回る。平屋建ての和風建築は、夕方は屋敷全体が金色に染まる。海岸を埋め立てる前は、庭の向こうに夕日が沈む海も見えたのだろう。

「名前、書いてくださいね」

入り口近くの小部屋から初老の男性が顔を出していて、ぶっきらぼうな声で言った。狭い玄関で来館者シートに記入して縁側に立つと、小ぶりな松の向こうから、今度は見覚えのある白髪の老婦人が箒を持って出てきた。

「あら。松本さん、こんにちは」

「浜中さん、ここの管理の仕事もしていたんですね」

「ええ。伝兵衛邸と管轄は同じですからね、市民ギャラリーのスタッフが交代でやってますのよ」

浜中さんはそう言って、受付の男性を見てニコッと微笑んだ。そう言われてみると、彼が市民ギャラリーの庭を掃除しているのを見た覚えがある。彼は「毎日どっちかにいるな」と低い声で言った。どうせ近所ならスタッフは兼用の方が効率は良いが、なんだか稲毛の重要文化財の保護が僅かな市民の努力に委ねられてしまっているようで心苦しい。

「人使いが荒い市ですみませんね」

「いいえ。ここは居るだけでロマンチックな気分になりますから、むしろこちらからお願いして働かせてもらっているんです」

浜中さんはそう言って、うっとりした目つきでお屋敷を見渡した。愛新覚羅溥傑仮寓は伝兵衛邸に比べると簡素だが、細かなところに趣向が凝らされた上品な日本家屋だ。愛新覚羅溥傑と、その妻嵯峨浩の新婚時代のときめく思い出が詰まった家として人気が高い。

「何かの調査ですか？　必要な資料があったら言ってくださいね。表に出してないものもあるので」

浜中さんは縁側に上がりつつそう言った。

「お気遣いなく。今日は作家さんとの打ち合わせが目的なので」

「あら、そうなんですか。もしかして、あちらの方かしら？　一時間くらい前にいらしたんだけど、常連さんにつかまっちゃって」

浜中さんはひそひそ言いながら、縁側の一番端に腰掛けている男をちらりと見た。まだメールでやりとりしただけで、直接会うのは初めてだが、側に置いてあるカメラバッグから察するに、打ち合わせの約束をしている相手だろう。細身のジーンズもカットソーもカメラバッグも黒で、やや長く前髪を伸ばした髪も真っ黒だ。彼は黒砂和明(くろすなかずあき)という名の映像作家で、今年の春から千葉日報のカメラマンとしてバイトをしている。美術館に出入りしている文化部の記者から、前途有望な作家がいると聞いて、ずっと気になっていた。

彼の隣には浜中さんより十以上は年上と思(おぼ)しき老女が腰掛け、楽しそうにお喋りをしている。

「お声かけしましょうか?」

浜中さんは小さな声でそう聞いたが、私は首を横に振った。黒砂さんはひょろりとした背中を丸めて、老女としっかり目線を合わせて真剣に話に聞き入っている。

私はぶらりとお屋敷の中を見学した。屋敷の中には、溥傑が撮影した嵯峨浩の写真や、夫妻の歴史を解説したパネルが展示してある。

溥傑と嵯峨浩の結婚は、満州国に日本人の血を入れるべく帝国陸軍が仕組んだ政略結婚だった。しかし二人は一目会った時から恋に落ちて、ここで幸せな生活を送ったらしい。中国大陸にできた新しい国の皇帝の一族と、日本のお姫様は、当初は本気で日本と中国大陸の架け橋になろうとしていた。

「溥傑夫妻が住んでいた頃は、和室に洋式の家具を置いていたそうです。満州に行ったら椅子とテーブルの生活ですから、浩さんがすぐにあちらの環境に慣れるように」

写真パネルを眺めていると、浜中さんがそっと近づいて解説してくれた。写真の中の嵯峨浩は、着物を着ていることもあれば、チャイナドレスを着ていることもある。

「溥傑さんのお父様、醇親王から中華風の家具やドレスも贈られていたので、ここでチャイナドレスを着て中国の礼儀作法なんかも学んでいたんでしょうね。浩さんは目が大きくて華やかなお顔だから、きっと赤いチャイナドレスがよく似合ったことでしょう」

「浩に贈られたドレスは、赤かったんですか？」

展示されている写真は全て白黒で、ドレスの色までは分からない。

「浩さんの自伝にそう書いてありました。中国は、新婚の間は赤い服で過ごす習慣があるそうですよ」

ふと、伝兵衛邸の地下室の絵を思い出す。嵯峨浩の顔をよくよく見ると、地下室の赤いドレスの女に似ているような気がしてきた。

「伝兵衛邸の地下室の絵って、もしかして嵯峨浩の肖像画だったりしませんかね。伝兵衛邸に滞在していたどこかの画家が、彼女を描いたのかも」

そう言うと、浜中さんは微笑んで「それは面白い仮説ですわね」と至極軽い調子で言った。

地下室の絵の調査を買って出たはいいものの、何も進まないまま『NEW OCEAN』の準備で忙しくなっている。学者や鑑定士を呼ぶにしても、手がかりをもう少し見つけないと予算をつけてもらえない。しかし稲毛の人々は全く焦れた様子はなく、いまだに地下室に絵を放置しているらしい。

あの絵を思い出すと、言葉にならない何かがこみ上げる。そこには、正勝さんや父の言う「怖い感じ」も含まれているのかもしれない。そわそわして、どこか悲しい気持ちにもなる。

浩の部屋を出て、庭を真正面にのぞむ一番広い和室に座った。関連書籍をまとめたコーナーに浩の自伝があったので、ぱらぱらと捲る。そこには、結婚後の過酷な運命が事細かに記されていた。

稲毛の幸福な新婚生活はたった数ヶ月で終わり、満州国に渡った直後に日中戦争が勃発した。夫婦は日本と中国の板挟みで苦しみながら、戦争と飢餓に苦しむ国民の姿を黙って見つめるしかなかった。日本敗戦後は中国軍に追われて夫婦は離れ離れになった。その後も国共内戦、文化大革命など、暴力的な歴史に翻弄された。

晩年になってようやく彼女たちは落ち着いた暮らしを手に入れたが、戦火の中で通り過ぎた若い時代は戻らない。稲毛の暮らしは、ほんの束の間の青春だったのだ。

「松本さんですよね……」

頭上から、風の音かと思うくらい微かな声が聞こえた。黒砂さんがすぐ側に立って、ひょろ長い背を不器用に折り曲げてお辞儀をしている。私が慌てて立ち上がってお辞儀をすると、浜中さんがどこからか音もなくお茶を持ってきて、卓袱台に置いた。

「すみません。話し込んでしまって」

私は彼に座布団を勧めつつ「どんなお話をされていたんですか?」と聞いた。

「お茶会の……話です」

黒砂さんは座布団の上で真っ直ぐに正座をすると、誰もいない縁側をじっと見つめて、ぽそぽそと言った。

「先程話した女性は、幼い頃にここでお茶会に参加したことがあるそうです。嵯峨浩さんは近所に住む子供や女性、学生なんかを集めて交流会をされていたようですね」

「それはすごい。貴重なお話が聞けましたね」

そう言うと、黒砂さんはふ、と笑った。一応、顔の筋肉はそれなりに穏やかな笑みを作っているのだが、何故だか全く笑っている気がしない。近くで見ると、皮膚がぞっとするほど青白くて、薄く血管が透けていて、向こう側の風景も透けそうな感じがする。

「よく、ああやって街の人のお話を聞いてるんですか？」

「僕は何もしていないんですが、お年寄りからはなんだか頻繁に話しかけられます」

「それはドキュメンタリー作りにおいては最高の特質じゃないですか」

そう言うと、彼は目を閉じて、首を横に振った。

「僕が作家だと知っていたら話さないようなことも聞いているので、直接作品には使いません。インタビューを作品に使わせてもらう時は、事前に許可を取ります。でも僕が作家と名乗ってしまうと、途端に当たり前のことしか話してくれなくなります。通りすがりの、何者でもない、影のようなぼんやりした人にしか話せないことって、あるんですよ」

黒砂さんは真っ白な痩せた手をゆっくりと持ち上げ、舞うような動きでカメラバッグの蓋を開けた。私はその動きをぼうっと眺めていたが、彼がカメラバッグから『NEW OCEAN』の企画書を取り出すのを見て、今日の本題を思い出した。

「企画書、読んでいただけましたか」

「はい。大変有意義な企画ですね」

彼は妙に年寄りくさい社交辞令のようなことを言った。オファーを受ける気があるのかないのかよく分からない態度だが、こうして打ち合わせに来ているということは、仕事をするつもりなのだろう。詳細を説明すると、彼は微かに口角を上げて「大丈夫です」と言った。

「千葉日報の方から、黒砂さんが稲毛を撮っていると聞いたんですけど」

「ええ、まあ。打ち合わせ場所をここにしてもらったのも、リサーチのついでで丁度よかったので……。すみません、わざわざ来ていただいて」

「いえいえ、千葉日報で働きはじめたのも、千葉に腰を据えて制作するためなんですよね」

「生活のためでもありますけどね」

彼の出身は福島県で、地元の原発事故を取材した映像作品でドキュメンタリー映像祭の賞をとっている。映像制作の会社には所属せず、一人で自分のテーマを追い求めている。彼が今撮っているのがどんな内容だか分からないが、過去の作品を見る限りクオリティは高いものが出来上がるだろう。

「できればその稲毛の新作と、美術館の所蔵作品をコラボレーションしたいなと思ってるんですけど」

「僕、不勉強で……千葉市美にどんな作品があるのか分からなくて、コラボレーション作品とかよく分からないんですけど」

「はい、それは一緒に検討していきましょう。ちなみに、どういう映像作品になるのか、聞いてもいいですか」

そう聞くと、彼はまたゆったりとした動きでカメラバッグのサイドポケットに手を突っ込んで、畳の上に本や書類を並べた。それら全てが作品に関連しているのかと思ったが、書類の上に携帯電話やティッシュもぽいぽいと積まれていったので、単にカメラバッグの中が整理されていないだけらしい。

黒砂さんは日に焼けたアンティークのノートを取り出すと、真ん中あたりのページを開いてみせた。

「去年父が亡くなりまして、父方の祖父母の家を整理したんです。祖父母はもっと前に亡くなっていて、長い間空き家だったんですが、父が手放したがらなかったので、そのままになっていました。父が亡くなってようやく売りに出すことになって、まず土蔵の物を一気に片付けました。その時に、祖父の日記を見つけたんです」

「だいぶ古そうな日記ですね」

「そうですね。書かれているのは、終戦の翌年から数年間の出来事です」

ノートには神経質そうな右上がりの字で日付と短い文章がびっしり書いてある。

「祖父は当時外国人の古美術商を手伝って、紫禁城の財宝の売買にからんでいたようです。晩年は祖母と一緒に福島で畑をやっているだけで、全然そんな話はしていなかったんですけど、戦後の混乱期は転々として、少々グレーな仕事にも就いていたもようです」

「面白そう」

「宝物の買い付けのために、終戦の翌年の一ヶ月ほど稲毛に滞在していたと日記に書いてありました。このお屋敷には清王朝の末裔（まつえい）が住んでいたわけですから、無関係ではないだろうと思って色々探っているんです」

「なるほど。お祖父（じい）様の日記がきっかけで戦後の稲毛を調べている……と」

「僕は、祖父の過去を知るために千葉に来ました。彼が若い頃に追い求めていたものを紐解（ひもと）いていくことで、何かを摑めるような気がしているんです」

「お祖父様は、黒砂さんにとってどういう存在だったんでしょう」

そう聞くと、黒砂さんは虚をつかれたような顔をして、数秒俯いた。

「……分かりません。僕はいつも深く考えずに、気になった事柄から少しずつ映像に撮って、繫げて一つの映像作品にするんです。映像を編集しながら、僕自身も真のテーマを発見する。だから完成しないと人に説明できません」

彼は暗く思い詰めた表情で一気に語った。

私は単に、作品にしようとするくらいだから随分祖父のことを慕っていたのだろうと思っただけだ。しかし彼の様子から察するに、祖父との関係は少々複雑だったのだろう。あるいは、初対面なのにいきなり制作の核となる感情を詮索されて苛々（いらいら）したのかもしれない。制作中の芸術家は時に子育て中の母ライオンのように荒々しい。

「了解しました。何かこちらで準備できるものがあったら声をかけてください。あ、でもコラボレーション作品は早めに検討してほしいので、美術館で打ち合わせをしたいです。来月くらいまででご都合の良い日は……」

「すみません。バイトの時間が迫っているようです。のちほど日程は連絡します」

黒砂さんは畳の上に放り投げていた携帯電話を拾い上げてそう言った。

「千葉日報ですか？」

「いいえ、別件で」

黒砂さんはぺこりと小さく頭を下げて、広げた荷物を再びカメラバッグに仕舞った。今度は整頓（せいとん）しつつ詰めたらいいのに、そんな時間はなさそうだ。来た時よりも大きく膨らんだカメラバッグを担いで彼は足早に部屋を出て行った。

私も帰ろうと思って立ち上がると、畳の上に、一冊の古い本が置き去りになっていることに気づいた。箱入りの古めかしいハードカバーの本には、『蓮池物語』という筆文字のタイトルが大きく印字されていて、天辺（てっぺん）に千葉日報のシールが貼ってある。

「黒砂さん、忘れ物！」

慌てて外に追いかけに出たが、既に影もなく消えてしまった。メッセージを送ると、数秒後には「僕のです」と返ってきた。次の打ち合わせで渡すことにして、ひとまず私が持ち帰ることになった。

家で本の奥付を見てみると、四十年前に千葉市の商工会議所が自費出版したものだった。『蓮池』とは千葉市中心部にかつて存在していた古い地名だ。私の実家や美術館のあたりも全て蓮池に含まれていたが、今はどこもかしこも素っ気なく中央区である。なかなか優雅な名前なので、今でも老舗の寿司屋や小料理屋が『蓮池』と書かれた提灯を店先に掲げているが、若い住民は何のことだか分かっていないだろう。

この本は、忘れ去られていく花街の記憶を継承するために、元芸者や古い商店の店主のインタビューを集めた聞き語り集らしい。

目次を眺めると、『髪結いの玉子』という章を見つけた。祖母と同じ名を持ち、同じ仕事に従事する人のページを真っ先に開く。すると、現在はロータスという美容室を経営する美容師だと紹介してある。間違いなく祖母だ。『髪結いの玉子』の章では、祖母が若かりし頃の賑やかな日常生活が語られていた。

‡‡‡

## 1936年2月

薄暗闇の細道を、絢爛な花模様の着物がふわりふわりと行き交う。水を求めて森を彷徨う蝶々（ちょうちょう）のように。芸妓（げいぎ）の姐さんたちの歩き方は、少し地面から浮かんでいるみたい。ここはぬかるみだらけで、人力車から降りた瞬間に滑って転ぶお偉いさんもいるけれど、彼女たちは水溜（た）まりの上も優雅にタタッと通り抜ける。

蓮池という街は、その名の通りかつては蓮の花咲く沼地だった。土を埋め立ててどんどん街を作っていったけれど、まだところどころに小さい池が残っているし、地面の土がゆるいところもある。

ふと氷屋の角の先を見ると、地面にぽん太（た）姐さんが埋まっていた。あたりを歩く人はいなくて、茶屋の窓から漏れる薄明かりが彼女の白い細面をぼんやりと浮かび上がらせている。胸から下が土の中にすっぽり入っているのに、焦ったり苦しんだりしている様子はなく、白い腕を地面の上に投げ出している。

「あら、玉子。こんばんは」

「何しているの?」

私がそう聞くと、ぽん太姐さんは澄ました顔で「ちょっと、ね」と言って頬杖（ほおづえ）をついた。化粧品のポスターみたいに綺麗にきまっているけれど、格好つけている場合ではない。

この通りには少し前まで小さな池があったが、国策で芋（いも）畑に変えられた。勤労奉仕で駆り出された呉服屋の店員が、きちんと水抜きもせずいい加減に土を放り込んだせいで、穴だらけの危険なぬかるみ地帯と化している。夜になると道と畑の境目が見えなくなるので、みんな通らなくなったのだが、ぽん太姐さんは世の中の動きに少々疎（うと）い。

「放っておくとどんどん沈んでいっちゃうんだから、こういう時は、大きな声で助けを呼ばないとだめよ」

そう言うと、彼女は「ふうん」と人ごとのように言った。埒が明かないので、私は無言でぽん太姐さんの脇の下に手を入れて、思い切り引っ張った。彼女の身長は私よりうんと高くて五尺五寸以上ある。ほっそりした人だけれど、いざ抱え上げようとすると地蔵かと思うくらい重い。

彼女の体がずるりと泥の中から出てくると、反動で私は後ろにひっくり返った。着物の尻に土がついてしまったが、ぽん太姐さんの姿の方が数段ひどい。縦縞の銘仙の着物が、胸から下だけ染料に浸したみたいに茶色になっていて、私は手を叩いて笑った。

「そういう柄の着物みたい」

「ま、これはこれで……こういうものだと、思えばいいわね」

彼女はそう言って、すっくと立ち上がった。

「ちょっと待って、このまま演芸会に行く気?」

「だって、もうすぐ始まっちゃうでしょぉ……」

ぽん太姐さんがそう言って歩き始めると、着物の裾からぱらぱらと土が落ちた。

今夜は町内会の新春演芸会が開催される。蓮池で店を営む主人たちが主催する小さな演芸会だが、馴染みのお客さんたちや将校さんも数多く訪れる大事な交流の場だ。

「そんな格好じゃだめよ。私のとこで着替えていきましょう」

私はぽん太姐さんを連れて、料亭の二階に構えた自分の店に向かった。六畳の客間と四畳の物置しかない小さな髪結処で、お弟子さんもいないけれど、私だけの新しい城である。

私は九歳の時に関東大震災で父と家を失い、母と二人でこの街に流れ着いた。知り合いはおらず、財産も仕事もなかったけれど、蓮池の病院の先生が私たちを拾ってくれて、病院の裏手にある貸家に住み着いた。母はしばらく病院の下働きをしていたが、慣れない仕事に疲れてすぐに死んでしまった。私は母の死後は病院で育てられて、十八で髪結いに奉公に出された。

蓮池の有名芸者の髪を手がける師匠のもとで働けたのは幸運だった。四年間技を磨いて独立すると、小さい頃から顔見知りの姐さんたちが来てくれて、商売はまずまずの滑り出しである。

この街の人たちはみんな自分の仕事を持っていて、遊び好きで、弱っている人を無条件に助ける暇はないけれど、技を持てば仲間に入れてくれる。

「髪もやり直しましょう」

「お好きにどうぞ」

私がせっせと新しい着物に着替えさせて、髪を結い直している間、ぽん太姐さんはぼんやり中空を眺めていた。

彼女はよく「何を考えているのか分からない人」と評される。顔立ちが怜悧に整っていて目にぞっとするほど色気があるから、人は皆、彼女の心の秘密を覗き込もうとする。しかし一生懸命話しかけても、会話は肩透かしばかりで、辻褄の合わない明らかな嘘も多く、尻切れトンボで終わった芝居を見たような気になってしまう。芝居なら二度と見に行かないけれど、人間だとそれが結構癖になる。

綺麗な硝子玉がついた簪を挿して髪を完成させると、精神がどこかに旅している彼女の肩をぽんと叩いて、急ぎ足で演芸会に向かった。私の店から歩いてすぐ、薬屋の二階に蓮池唯一のホールがある。普段はお稽古ごとの発表会に広々と使われているが、新春演芸会は客席に茣蓙を敷いて、二百人以上の人間をぎゅうぎゅうに詰め込む。

演芸会の主催は町内会長のおもちゃ屋の店主で、若い頃から花街で散々遊んだ粋人だ。彼のもとに集まるのは遊び人ばかりで、みんな唄だの踊りだの特技を持っているから、それを他人に見せたいがために始めた会である。

お客は蓮池の花柳界の人々とその子供たち、お得意様である政治家や文化人、将校さんの姿もちらほら見える。東京からわざわざやってきたお偉いさんは、演者よりも立派な着物を着て随分気合が入っている。そんなに上等な見せ物じゃないのだが、お気に入りの芸者に唆されたんだろうか。

会長が挨拶をした後、三味線屋の旦那は小唄を披露し、呉服屋の主人は洋装で奇術を行った。上品に決めていたのは最初のうちだけで、だんだん雲行きは怪しくなっていき、教科書を卑猥にもじった朗読や、小唄の歌詞を下品に言い換えた座敷小唄などが登場する。下ネタが増えるにつれて、客席の笑い声と拍手はどんどん大きくなっていく。

ぽん太姐さんと一緒に会場の入り口近くにちんまり座って舞台を眺めていると、軽く肩を叩かれた。

「あら文雄、どうしたの」

眼鏡をかけた小柄な男がいつもよりさらに小さく丸まって、お客の隙間にすっぽり隠れてしやがんでいる。

「ちょっと役者の化粧を手伝ってくれないか。到着が遅れて、支度が間に合わなくて」

「えー？」

私が口を尖らせると、文雄は両手を合わせて拝む仕草をした。隣でぽん太姐さんが「大変ねえ」とのんびりした声で言う。

文雄は老舗和菓子屋の四代目で、町内会役員の一人としてここ数日演芸会の準備のために走り回っていた。私を育ててくれた病院の近くに住んでいたので、子供の頃からの友達であり、ぽん太姐さんの伴侶でもある。

昔から非常に大人しくて奥手だったのに、家業を継ぐと自然と芸者遊びを覚え、いつの間にかぽん太姐さんを身請けしていた。最初は意外に思ったけれど、周りの男衆曰く、子供の頃から憧れていたらしい。

ぽん太姐さんも蓮池で育った人なので、私たちはみんな幼馴染みだ。私が文雄に気を遣わなくていいのと同じように、ぽん太姐さんも文雄に対してざっくばらんで、奥さんになった感じが全くない。彼女も文雄と一緒に演芸会の裏方をやってもおかしくない立場だが、我関せずという態度だ。文雄もぽん太姐さんにははなから期待していない。

「とにかく、舞台裏にきてくれ」

文雄に腕を引っ張られて慌てて立ち上がると、ぽん太姐さんも優雅な仕草ですらりと立ち上がってついてきた。

「あら、きれい」

ぽん太姐さんは舞台裏に置かれた書割を見てうっとり微笑んだ。彼女の背丈ほどの高さの板に、目の覚めるような新緑の森が描かれている。その傍らには、本物みたいに精緻な描写の白馬の書割もある。

「芝居に使うのかしら。今年はいつもより気合が入っているわね」

私とぽん太姐さんがまじまじと大道具を見ていると、文雄が苛々した調子で「こっち！」と叫んだ。

私が化粧を担当するのは、演芸会の大トリの小芝居の主役らしい。新春演芸会は、いつも酒屋の旦那の劇で締めることになっている。酒屋の旦那は若い頃から演劇が好きで創作意欲溢れる人だったが、軍隊に行ってさらに力を上げて帰ってきた。宴会で上官に気に入られる芸をするのが一番重要な仕事だったそうだ。

私は酒屋の旦那に指示されるがままに、顔に汚れ化粧をした。

「どういう役なんです？」

「泥棒だよ」

支度を終えると、酒屋の旦那は颯爽と舞台に出て行った。次に文雄に指示されたのは、脇役をつとめる酒屋の丁稚奉公の顔に白いドーランを塗りたくることだった。よく分からないが、少年の顔を真っ白にしているうちに芝居が始まった。

まず、美しい森の書割と地蔵のはりぼてが置かれた舞台に、泥棒に扮した酒屋の旦那が走ってきた。泥棒は何者かに追われているらしく、地蔵の頭巾と首掛けを奪って地蔵になりすました。そこにおばあさんがやってきて、泥棒の前にぼたもちを置いて拝んだ。その後も様々な人がやってきて、果物やおむすびを置いて拝んでいく。

地蔵の立場に味をしめた泥棒は、しばらく地蔵になりきってお供物を貪り食べた。酒屋の旦那が人目を盗んでコソコソ食べる演技が滑稽で、会場の子供たちがきゃっきゃと笑う。

「さあ、出番だ」

文雄がそう言うと、白いドーランを塗った少年が真剣な面持ちで口に水を含んで、白馬の書割を担いで舞台に出て行った。

少年が担いだ白馬は泥棒の前で立ち止まると、ぶるりと震えた。すると次の瞬間、股のところから白いドーランを塗った少年の顔がぬっと出てきて、口からじょろじょろと水を出した。最初は何をしているのかと思ったが、どうやら少年の顔が馬の巨大な性器を表現しているらしい。

会場がざわついていると、少年は泥棒の顔に水をびしゃっとひっかけて、泥棒は「うわー」と叫んで逃げ出した。会場がどっと沸く。子供から大人までみんな涙を流して笑いながら拍手をしているのを見届け、書割の白馬は涼しげな表情で走り去り、するすると幕が降りた。

「なにこれ。下らない話」

そう呟くと、ぽん太姐さんが「あの人ってイチモツを出す話が好きよねえ」としみじみ言った。文雄は、満足感と疲労感が一緒くたになった眠そうな顔で「馬の仕掛けがうまくいったね」と言った。

「大した仕掛けじゃないじゃないのよ」

「でも、馬と森の書割はすごく立派な画家先生にきちんと脚本を読んだ上で描いてもらったんだよ。ほら、あの後ろの方に座っている、袴(はかま)姿の美丈夫だ。笑ってくれてる」

文雄はそう言って、緞帳(どんちょう)の隙間から客席を指さした。後列の椅子席には、身なりのいい壮年男性がずらりと並んでいて、真ん中あたりに髭(ひげ)を生やした袴姿の紳士がいる。確かに袴の紳士は口を開けて朗らかに笑っているが、隣に座っている付き人らしき青年はにこりともせずに舞台を睨(にら)みつけている。

袴の紳士も眉目秀麗だが、青年はさらに美しく、役者と言われてもおかしくない顔立ちだ。色白で、二重瞼の大きな目としっかりした眉が凛々(りり)しい。一見地味な焦茶の袴姿だが、遠目にも上等な品だと分かる。どこのお坊ちゃんだか知らないが、こんな下品なものを見せられて呆れていることだろう。

「お弟子さんが怒ってるわよ」

そう言うと、文雄はちらりと客席を覗き「いいよ、若造は」と言って、小道具の箱に気だるく座り込んだ。

「ねえー。宴会行くわよね」

ぽん太姐さんが機嫌良さそうにやってきて、くねくねとシナを作りながらそう言った。まだ町内会長が締めの挨拶をしている最中だが、やたら長いので、みんなこの後の予定を相談し始めているらしい。演芸会の後は派手な宴会に流れて朝まで飲みまくるのが定番だ。しかし私は酒が飲めないし、羽目を外しすぎるのは好みじゃない。

「私は遠慮するわ。明日も早いし」

「ふうん。気をつけて帰ってね」

私が手を振ると、ぽん太姐さんがゆらゆらと白い手を振った。その斜め後ろに文雄が控えて、私に静かにお辞儀をした。

母と一緒に蓮池に流れ着いた時、真っ先に友達になってくれたのが文雄だった。文雄は子供の頃は病気がちで、見るからにひ弱で、近所の男の子から蔑ろ(ないがし)にされていた。古い住人たちの間には自然と力関係が出来上がっていたから、新しく越してきた私くらいしか、彼と対等に付き合えなかったのだろう。

文雄は繊細すぎるけれどそのぶん優しくて、人の話をよく覚えていて、一緒にいて苦に思ったことは一度もなかった。しかし、いつも私ばかり話をしていたから、彼がぽん太姐さんを好きだったとは全然知らなかった。

ぽん太姐さんは、私がこの街に来た時には既に雰囲気が出来上がっていて、湯上がりに通りをてくてく歩く姿は一丁前の色気があった。他の大勢の人たちと同様に、私もずっと彼女のことを気難しそうな人だと思って遠くから見ていたが、髪結いとして独立したらだんだんと話ができるようになった。今では文雄より彼女と話す時間の方が長い。しかし、彼女から文雄の話を聞くことはほとんどない。二人がどんな風に結婚生活を送っているのか全く想像できない。

　この街は花柳界の子も堅気の子も一緒に育つ。昔は肩を並べて一緒に遊んでいたのに、いつしか枝分かれした薄暗闇の道にそれぞれ入り込んで、秘密が花のようにぽそぽそ咲いていく。

　ぼんやり考えごとをしながら演芸場を出ると、酔っ払いが二人喧嘩（けんか）をしていた。どちらが小便をかけたかかけていないかという、先ほどの寸劇に勝るとも劣らないくだらない言い争いが繰り広げられている。

　最初は野良犬のように顔を突き合わせて威嚇し合っていたが、やがて摑み合いになって、私は「もう、やめなさいよみっともない」と声をかけた。すると一人の男がぎろりと私の顔を見て「なんだ女がえらそうに」と言った。

「は？　なんですって」

　私が眉を吊（つ）り上げると、もう一人の男が取っ組み合いをやめて、急ににやにやした顔になって「まあまあ、怒らないでよ」と言って私の肩を抱こうとした。

「やめてよ！」

　反射的に男の手を叩き落とすと、男は笑顔のまま頬をぴくぴくと痙攣（けいれん）させて「ひどいなあ」と言った。

　少しまずい雰囲気になってきたな、と思ってじりじりと後退（あとずさ）ると、先ほどまで私を睨んでいた男もにやついた笑顔になって、私の背後に回った。私は素早く通りに視線を巡らせた。いつもは賑わっているのに、今日は演芸会に人が集まっているから全然人通りがない。ほんの数間走れば、みんながいる演芸会の会場に戻れるが、二人の男に通せんぼされたら動けない。押し倒されたら終わりだ。近くに人がいたって関係ない。

　これは全力で叫ぶしかない。そう思って、すうっと大きく息を吸い込んだ瞬間、「玉子！」と私の名を呼ぶ声が聞こえた。振り向くと、先ほど画家先生の隣に座っていた美青年が、ホールの入り口に仁王立ちしていた。

「僕の大切な人に、一体何をしてるんだい」

　青年がよく通る綺麗な声でそう言うと、酔っ払いの男たちはたじろいだ。明らかに格の違う男の登場に戸惑った様子で「な、なんだアンタは」と弱々しい声で言っている。

　その隙に、私は下駄を履いた足を思い切り上げて、男の足の先っぽをめがけて踏み下ろした。

「いて！」

　男が一人屈(かが)んだ瞬間に、私はもう一人の男にどん、と体当たりして退けると、袴の青年のところまで走った。ほんの少しの距離を走っただけなのに、今まで経験したことがないくらい心臓が大きな音を立てている。

　青年は私の肩をそっと抱いて「さあ、みんなのところに行こう」と言って優雅に会場の中にエスコートした。酔っ払いの男たちはしばらく悔しそうな顔でこちらを見ていたが、大きな舌打ちを残して夜闇に消えていった。

演芸ホールのロビーの人だかりに入ると、青年は「それじゃあ、気をつけて」と言って、私の肩から手を離した。

「あの、どうして私の名前を知っているんですか」

私は自分の店を持って通りに看板を掲げているけれど、花街の普通のお客に顔までは知られていないはずだ。こんな美形と会ったら忘れるはずがないから絶対に初対面だし、不思議に思ってそう聞くと、彼は「当たってた?」と言って、ふふ、と笑った。

その声は、先ほどより一段高くて、笑い声は柔らかくて愛らしい。

「あれ……もしかして女の方?」

そう言うと、彼女は唇に人差し指を当てる仕草をした。先ほどまでは凜々しい青年にしか見えなかったのに、女っぽい仕草をすると、途端に細い首やふっくらした唇が際立って見えてきた。

「訳あって、今日は変装しているんです。男装のお客が交じっていたことは、秘密にしておいてくださいね」

「はあ」

どこかの女優がお忍びできているのかと思って、じっと顔を見つめたが、誰だか分からない。

彼女はまたふふ、と笑って「たまこは、猫の名前なの」と言った。

「猫……」

「昔、近所の人が飼っていた猫がたまこっていってね、ちょっとあなたに似てるのよ。丸い顔が可愛い猫だったの」

「丸い顔」

密(ひそ)かに気にしていることを言われてショックを受けていると、男装の麗人はいたずらっぽく笑って、ひらひらと手を振って画家先生の一群の中に入っていった。

‡‡‡

2018年11月

『ぽん太姐さんっていう人は典型的な芸者子供でね……芸者子供っていうのは、芸者の子供として生まれて芸者として育つ人で、ちょっと世間離れしているのよね。お風呂(ふろ)がすごおく長い。変わった人だったけど、唄と踊りは一流だった。結婚してからは、置屋に所属しないで一人で独立してやってたわね。お客に呼ばれたら、お座敷に出ていくの。そういう流しの芸者はこの街には何人かいたのよ。文雄は和菓子屋でね、私は子供の時から知り合いだったけど、こっちもだいぶおっとりした質(たち)で、なんだかんだで、お似合いな夫婦だった。私が若い頃は蓮池も賑わっていたし、みんなで遊んで楽しかった。町内会の演芸会っていうのがあってね……』

『蓮池物語』のなかで、祖母は町内演芸会と友人たちの思い出を楽しそうに語った後、戦後の人生をさらりと短く語ってインタビューを終えている。

夏の敗戦の後は食糧不足で大変な思いをしたが、焼け野原に知り合いの大工を呼んで新しく髪結処を作り、今もその土地で美容院を経営しているという。祖母は徐々に蓮池の名前が失われていくのを惜しんで、今風に英語で『LOTUS』という屋号をつけた。

深呼吸をして本を閉じると、またもや喫茶店を早仕舞いにした父がお盆を持って上がってきた。

「ナポリタンときのこスパ、どっちがいい?」

「ねえ、これ知ってる?」

『蓮池物語』の表紙を見せると、彼は首を傾げながら、私の方に勝手にナポリタンを置いた。

「なんだ、そのぼろい本」

「千葉の昔話の本。戦前のおばあちゃんの話が載ってるの」

私は父の側に本を置いてみたが、彼は表紙をちらりと一瞥(いちべつ)しただけで、きのこスパゲティをずるずると啜(すす)りはじめた。私は冷蔵庫から発泡酒を出して二つのコップに注いだ。

「そういえば、母さんがまだ元気だった時はたまに学者だの作家だのがうちにきて、戦争の時の話をさせられていたような」

「へえ、すごいね」

「長生きしてたし、元芸者のバアさんたちよりは一般人向けの話ができたからな。一回だけ千葉テレビのアナウンサーがきたこともあった。でも兵隊に行ったわけじゃないし、大した話はしてなかった。戦争っていうか、貧乏で苦労した話が大半だ」

「お父さんは丸髷結える？」

「結い方は知ってるよ。俺が若い頃はまだ芸者の客もいたからな」

「それじゃあ昔のお客も登場しているかもね。面白いから読んでみなよ」

そう言って『蓮池物語』をつい、と父の方に寄せたが、彼は顔をしかめて「読まない」と言った。

「なんでよ」

「最近、不吉な夢を見るんだ」

「夢？」

「母さんが、晴れ着姿で玄関先で手を振っている夢……。下で飾ってる写真みたいな、俺がよく知らない若い頃の姿で、綺麗に微笑んでいる。夢の中の俺は子供で、ああ、これから母さんはよその家にお嫁に行ってしまうんだ、と思って心細くなる」

父は陰鬱な表情できのこスパゲティの皿を見下ろし、きのこと麵を丁度いい塩梅に交ぜながらくるくるとフォークに巻いていった。

「それってなんだか、小さい子がお母さんを恋しがって見る夢みたい。おばあちゃんのことを好きな気持ちがまだ沢山残っているから、失う夢を見るんだね」

あるいは、あの世から祖母がお迎えに来ているんじゃないかとも思ったが、不吉なので口には出さなかった。父はまだ大きな病気もしていないし、バターをたっぷり使ったきのこスパゲティをもりもり食べているし、死期は遠いだろう。

父は私の夢解釈が気に入ったのか、「なるほどそういうことか」としみじみ言った。

「人はいくつになっても母を恋しく思うものなんだな」

「人によるけどね……」

意味ありげにそう言うと、父は「む」と唸(うな)ってフォークを静止させた。

私の母は二十年前に出て行った。喫茶店の仕事が嫌だったのか、父に嫌気がさしたのか、はたまた他に好きな人ができたのか不明だが、彼女は私を置いて突然いなくなった。父よりかなり年下だったから、もう新しい家族を作っているかもしれない。

居なくなってしばらくは寂しかったような気がするけれど、自分で解決しようのない問題だから、あまりくよくよ考えなかった。母が担っていた家事を片付けるのに忙しくて、詮索する暇もなかったし、悲しい夢も見なかった。

しかしいまだに父とはろくに母の話ができない。どちらかというと、父の方が母に捨てられたことを引きずっているらしい。彼はきのこスパゲティを平らげて、そそくさと食卓を後にした。

私は祖母のインタビューを読み返しながら、分厚いベーコンが入ったナポリタンをフォークに巻きつけた。醬油(しょうゆ)とバターで味付けしたきのこスパゲティも美味しいけれど、私が一番気に入っているのはナポリタンだ。子供の頃から何度もこの二択を差し出されて、必ずナポリタンを選んできた。

この家では父と私の二人の時間が延々と繰り返されている。その平穏すぎて少しうんざりする生活の基盤を作ったのは祖母だが、私は彼女のことをほとんど知らない。本の中の彼女はリアリストだけど美しい世界を夢見ていて、多分、私と少し似ている。

## ２０１８年12月

暗闇にぼんやりと、丸くて可愛らしいさくらんぼがぽん、ぽん、ぽん、と浮かび上がっている。さくらんぼは不思議な規則性のある配置で並べられていて、子供が道路に描くけんけんぱのリングのようだ。浜口陽三（はまぐちようぞう）の『17のさくらんぼ』の前には、平日の昼間だというのに数人のお客が集まって見入っている。浜口陽三は暗闇にぼうっと浮かび上がる果物や貝殻の版画で有名だ。カラーメゾチントという緻密な銅版画技法で表現された画面は非常に繊細で美しい。

作品の中にはっきり千葉だと分かるモチーフはないが、ヤマサ醤油の十代目浜口儀兵衛（ぎへえ）の三男として生まれ、幼少期に銚子（ちょうし）市で暮らしていたので、千葉にゆかりのある作家として美術館で作品を多数所蔵している。

『17のさくらんぼ』は可愛らしい作品だが、どことなく不吉な印象も抱く。死んだ子供たちの遊びを見ているような気になるのだ。とうの昔に過ぎ去って、今は存在していない子供たちの時間。

　ふっと絵から視線を離すと、少し離れた暗がりで、さくらんぼのように真っ赤なセーターを着た正勝さんが立っていることに気づいた。今日はアシンメトリーのセーターに黒いレザーパンツで、どこのミュージシャンかと思うような出で立ちだが、すっかり気配が消えている。

「こんにちは……打ち合わせ始めて大丈夫ですか」

　ゆっくり近づいて小さく声をかけると、彼は大きな目をぱっと輝かせて「今回はありがとうね！」と大きな声で言った。

　途端にいつもの派手さを取り戻した彼を会議室に連れ出して、『NEW OCEAN』の企画書と浜口陽三の作品資料をテーブルに並べた。春子さんの参加が決まってから、彼女に負けないくらい華のある立体作品の作家が欲しくなって、正勝さんにも参加を打診した。ヤドカリ事件のせいで正勝さんに対する上層部の心象は芳しくないが、展覧会のクオリティの方が優先である。

　正勝さんは既に展示のイメージがかなり出来上がっており、コラボレーション作品に浜口陽三を使うことまで決まっている。

「やっぱ『17のさくらんぼ』は外せないね、それと、これとこれと」

「了解です。正勝さんのスペースは結構広くとる予定なんですけど、使用する版画は三点でよろしいですか」

「暗闇の中にほんの少しの赤があるだけで、空間がぐっと深く濃厚になるからこれでいい。赤は支配的な色だから、使う量を間違えちゃいけない。浜口陽三が黒のハーフトーンの中に赤をほんの少量潜ませたように、花も版画もぎりぎりまで数を絞って、ぼんやりと浮かび上がらせたいんだ」

正勝さんはそう言って、図面の上に絵のタイトルを書き込んでいった。エントランスに迷路のように壁を立てて、薄暗い道を進みながら花と版画に出会うという構成にするらしい。

「この展示は、実はうちの屋敷の構造をトレースしている。暗い複雑な廊下のそこここに、ぎょっとするほど鮮やかな花が生けてあった」

椹木家のお屋敷は、伝兵衛邸にほど近い小高い丘の途中にある。彼の祖母の教室が開かれていたが、彼女の死後は誰も訪れていないと聞く。

「あの家はもう壊すんだ。マンションを建てたい人がいるらしくてね。だから、『NEW OCEAN～千葉の現代美術とレガシーが出会い、そして未来へ～』で祖母の家の思い出を表現して終わりにする。レガシーと現代の出会いと別れだ。ぴったりだろう」

正勝さんは自信満々にそう言った。

「ふむふむ。しかしお屋敷壊しちゃうんですね。勿体(もったい)無い」

「祖母の教室も、屋敷も、俺が継ぐには荷が重い。何かを継承するには強い意志と目的がないと駄目なんだ。俺は自分の新しい作品のことで精一杯だよ」

「意志と目的ですか……」

非常に基本的なことだが、なんとなく気になるキーワードだ。じっくり反芻(はんすう)していると、正勝さんが図面から顔を上げて「そういえば、伝兵衛邸の地下室の絵の正体分かった?」と聞いた。

「まだ調査中です。というか、ろくに調査できてないです。手がかりがなさすぎて」

そう言うと、正勝さんは腕組みをしてふむ、と頷いた。

「俺さあ、多分、小さい頃にあの絵を見たことがあるんだよね」

「え? 本当ですか」

「伝兵衛邸にまだ人が住んでいた頃に、祖母がお茶会に呼ばれて、俺も一緒に連れて行ってもらったんだ。俺はまだ幼稚園児だったけど、美しい家や工芸品を見るのが好きだったからね。お茶会の主役は、大きな、赤いドレスを着た女の絵だった。暖炉のあたりに立てて、みんなで眺めていたのを覚えている」

「ということは、伝兵衛邸の前オーナーの持ち物だったということですか。連絡先分かりますか?」

「いや、俺とは繋がりないし、名前も分からない。多分祖母の顧客で、どこかの社長さんだったと思うけど」

伝兵衛邸の代々の住人は、神谷家や軍の関係者以外は記録に残っていない。そのオーナーの持ち物だったとしても、どうして引っ越しの際に地下室に置いて行ったのだろうか。絵にとって良い状態とはいえない壁の裏側に隠す意味も分からない。

「祖母も他の客人たちもみんなにこやかに見ていたんだけど、俺は、やっぱりその時もなんだか怖い絵だと思った」

「それって、どういう怖さなんですか」

そう聞くと、正勝さんは虚空を見上げて唸った。

「そうだなあ。やはりどこか、ちぐはぐな印象なんだ。絵から一貫した意志が感じられない。ひどく混乱した精神状態で描いている気がする」

自らも芸術作品を作り出す作家は、作品を鑑賞する時、作品の背後に確実に存在している生身の人間の状態を推し量ろうとする。どんな経験をしてきたのか、いつどのような気持ちで描いたのか、自分の作家としての人生に引きつけて作品を読み解こうとする。

「正勝さんは、あの絵の作者はどういう人だと思いますか?」

そう聞くと、彼は首を傾げた。

「偽物を描くのに疲れた、贋作者とか」

「ほう」

「自分の絵を描きたかったのに、偽物ばかり描いてきたから途中で描きたいものを見失って、混乱している……そんな感じかな」

# 2019年1月

ある朝、白銀の唐草模様の封筒が机の上に置かれていた。中には『新春・市民演芸会開催のお知らせ』と書かれた招待状と「歌うから聴きに来てね」という春子さんの手紙が入っていた。消印はなく、昨日の夜にふらりと入ってきて置いていったらしい。美術館の学芸員室は本来喫茶店のように気軽に入る場所ではないのだが、展示室と間違えたお客や海を探すヤドカリが迷い込む。

市民演芸会の存在は初めて知ったが、タイトルの上には筆文字で「第九十回」と書いてある。もしかして祖母が『蓮池物語』で語っていた蓮池町内会の新春演芸会が脈々と引き継がれているのだろうか。

仕事終わりに行ってみると、市民ホールのロビーにはロングドレスや着物、タキシードの人たちがひしめき合っていた。宝石の輝きがあちこちできらきら瞬いて、市民ホールの控えめなシャンデリアの存在感がかき消されている。私は普段着のよれよれしたシャツで来たことを後悔した。

社交ダンスのように無数の人々がくるくると入れ替わって挨拶を交わすなかで、真っ黒な人が三脚を立てて写真を撮っているのを見つけた。近づくと、黒砂さんがすぐに私に気づいて会釈をした。今日の彼はきちんと黒いジャケットを羽織っているが、近づいてみると皺だらけだった。

「こんばんは。千葉日報の取材ですか」

そう言うと、彼は首を横に振った。

「この前千葉公園で散歩をしていたら、知らないおじいさんに話しかけられて、お喋りを聞いているうちに、新春演芸会の撮影を頼まれる流れになったんです。ロビーと楽屋のオフショットと、本番の映像と音声と……」

「大変そうですね。一人で撮れるものなんですか、それって」

黒砂さんは表情に乏しく、話し方も決して親しみのある雰囲気ではないのだが、何を言っても動じなそうだから、唐突に話しかけたり無茶なお願いをしたりしてみたくなるのかもしれない。

「何か手伝いましょうか」

軽い気持ちでそう言うと、彼が前髪の向こう側で目を見開く気配がした。

「いいんですか?」

黒砂さんはそう囁くと、早速私を客席の方に連れていった。実はかなり焦っていたらしい。

客席の一番後ろには、大きな三脚が二台立ち、ビデオカメラやらパソコンやら、黒くて複雑な形状の機械がずらりと並んでいた。

「このカメラは舞台を真正面からおさえるものです。僕は別のカメラでクローズアップを撮るので、松本さんは真正面のカメラが倒れないように見ていてください。何も動かさずに、見ているだけでいいんです」

黒砂さんはてきぱきと説明しながら、床に座ってパソコンを操作しだした。いくら何もしなくていいとはいえ、これは一番大事なカメラではないのだろうか。気軽に手伝いを申し出たことをやや後悔しつつ、私は三脚の継ぎ目をじっと見つめた。美術館でたまに使う三脚とは違って、太くて重そうで、謎めいた部品が大量についている。

「『蓮池物語』、なかなか面白い本ですね」

ただ見守るのにも早々に飽きて、そう話しかけると、黒砂さんはパソコンを操作したまま「読んだんですか」と言った。

「あ、すみません、勝手に。地元のことが書いてあるので、つい」

「いえ、大丈夫です。僕のものでもないですし。最近、千葉日報の編集部で見つけたんです。編集や入稿作業を当時の記者が手伝っていたらしく、手書きのインタビュー原稿の束と一緒に、編集部の片隅の棚に突っ込んでありました」

「四十年前に出た本ですよね？　まだ原稿が残っているんですね」

「きちんと片付けをする人がいないんです。編集部員も忘れている言葉たちが、その辺の棚や引き出しの中に沢山仕舞われています。何かのコピーやまとめではない、この世界でたった一人の誰かの肉声ばかりだから、掲載に至らなくてもなかなか捨てられないらしいんですよね」

黒砂さんは「僕も人のことは言えませんが」と付け加えて息だけで笑った。

「編集前の原稿もありますか」

そう聞くと、黒砂さんは頷いた。

「手書きの原稿用紙の中身は、なにぶんヤニ汚れがひどくて全部は確認しきれていないんですけど、本ではカットされているエピソードもあります」

「そうなんですね、読みたいな」

祖母の話を何度も読み返すにつれ、最後が駆け足で尻切れトンボなのが気になっていた。演芸会の最後に登場した美青年の正体は不明なままだし、友人のぽん太姐さんや文雄がどのように戦後を生きたのかも語られていない。他にも沢山の語り手がいたから祖母の話だけにページを割けなかったのは分かるが、どうも中途半端な編集だった。インタビューの書き起こしが他にもあるなら読んでみたいと思う。

「私の祖母が出てくるんです。『髪結いの玉子』っていう人なんですけど」

そう言うと、黒砂さんはぱっと顔を上げて、私の顔をじっと見つめた。

「あの方……松本さんのお祖母様だったんですね」

「名前も職業も屋号も同じなので、間違いないかと」

「玉子さんの店って、今は喫茶店になっているとこですよね」

「よくご存じですね。昔は美容院だったんですけど、祖母が亡くなった後に父が喫茶店にしちゃったんです。味は美味しいんで、ヤニとか埃とか気にならなければコーヒー飲みに来てください。潔癖症だったら、ちょっと無理かも」

つらつら喫茶店の悪口を言っていると、黒砂さんは再びパソコンに目を落として、真剣な顔で画面を見つめながら「そうでしたか……」と小さく呟いた。

「本に掲載されていないインタビュー原稿は、多分探せばあります。他人に見せたりコピーしたりしないなら、こっそりお見せしても問題ないと思います」

黒砂さんはひそひそと小さな声で言った。

「わあ、ありがとうございます。それにしても、あんな本があるなんて、私も父も全然知りませんでした」

「商工会の方々が作って満足しちゃって、広める努力をしなかったらしいですね。記憶の継承が目的で本を作っても、結局その本の存在自体を忘れられたら、意味がないですね」

「耳の痛い話です」

美術館の収蔵庫に仕舞い込まれてなかなか外に出ない作品のことを思う。もっと歴史の長い大きな美術館だと、目録から漏れて見つからなくなってしまった作品もある。『NEW OCEAN』の企画の動機は不純だが、所蔵作品の良さを外部の作家に再発見してもらうのは有意義なことだ。

「展覧会、頑張りましょうね」

そう声をかけると、黒砂さんは困ったような顔で目をぱちぱちと瞬いた。

開演時間になると、町内会長のくだけた調子の挨拶があって、その後駅前のホテルの支配人が演歌を歌い始めた。客席をちらりと見ると、従業員らしき人たちがきらきらした飾りのついた団扇を振っていて、なかなか大変な仕事だなと思う。

客席に座っているドレス姿の人々が順番に舞台に上がる。どうやら、晴れ着姿の人たちはほとんど出役らしい。しばらく恰幅のいい高齢男性の歌が続いて、ようやく春子さんが出てくると、舞台に燃え盛る炎が現れたかのようだった。春子さんは黒と白の梅模様が染め抜かれた深紅の着物に、純白の半襟と金の伊達襟を合わせて、黒地に金の唐草模様の帯をだらりと垂らして結んでいる。

客席から口笛が飛ぶ。彼女はウインクを投げかけて、舞台の中央に運び込まれた台の上で正座をした。彼女は一度深呼吸をした後、三味線をべん、べんと弾いて、小唄らしきものを披露した。私は小唄の正解を知らないのだが、ハスキーな声が格好いいと思う。歌の動きに合わせて揺れる首や目つきが色っぽくて、目が釘づけになってしまう。

短い出番だったが、春子さんがお辞儀をすると、大きな拍手が湧いた。そのまま舞台転換に入って、彼女の姿が緞帳に隠れて見えなくなる。

「春子ちゃんは、芸者になってたらよかったのになあ」

目の前の席に座っている、白髪の老人がぼそっと呟くと、彼の隣に座る着物姿の老人が首を傾げた。

「蓬莱料亭は、もうないんだっけか？」

「とっくにないよ。何年も前に銭湯になったじゃないか」

「いや、それも潰れて今は何も残ってないだろ？」

「春子ちゃんに継がせていればよかったのになあ。他所に出さないでさ」

「そうだな。あそこの他の兄弟はみんなすぐ死んだりやくざになったり行方不明になったり、ろくなもんじゃなかったな」

「借金も残ってたみたいだけど、春子ちゃんが一人できっちり整理したんだってさ。今は、マンションでも建てたんだっけな」

幕間に男たちはひそひそと春子さんの噂話を続けた。春子さんは周りの住人たちのことをあまり知らないが、古参の住人たちは、春子さんが知らない沼田家の歴史を詳しく知っている。こっそり彼らの話に耳を澄ませていると、黒砂さんがカメラをいじくりつつ、「蓬莱湯の建物は、春子さんがアトリエとして使われていますよ」と言って、絶妙なタイミングで彼らの会話に入った。展覧会参加者の略歴は企画書に小さな文字で記してあるが、アトリエのことまでは書いていない。黒砂さんは春子さんについてもなにか調べているのだろうか。

老人たちは黒砂さんが何者なのか問うよりも、春子さんに思いを馳せる方が優先で、感嘆のため息を吐いて「そうかい。偉いねえ」と言った。それからしばらく三人で春子さんの実家の昔話を続けた。

曰く、花街の衰退と共に失ったのは料亭の商売だけではなく、花街の暮らしに慣れていた子息たちの心の安定だったらしい。誰も新しい商売をやり続ける気概がなく、かといって他の街で下働きするのも耐えがたく、絵に描いたように転落して誰も実家を支えられなかったそうだ。

こんな短時間でこんなに情報が引き出せるとは、と黒砂さんの高齢者人心掌握術を間近に見て感心していると、白髪の老人が私の方を振り返って「おや？」と首を傾げた。

「あなたは海彦のとこのひかりちゃんかね？」

「あ、はい。お世話になっております」

私は彼が誰だか全く分からないが、とりあえず頭を下げた。すると、彼は「立派になったね」と言って、うんうんと頷いた。

「春子ちゃんはね、海彦と仲良くしとったよ」

「そのようですね」

「春子ちゃんは、海彦というより玉子さんを慕ってたがね。玉子さんの店は、昔は溜まり場みたいになってたんだよ。あの人は戦争でひもじい思いをした時に周りの人に助けてもらったから、商売がうまくいってからは、困ってる人や寂しい人を呼んで、みんなでご飯を食べてたんだ」

「そんなことをしていたとは知りませんでした」

「ひかりちゃんが生まれてからは、もうそんな世の中じゃなかったね」

老人は声を落とし、遠い目をして「昔の話ですよ」と呟いて、舞台の方に向き直った。もっと聞きたかったのに、すっかり昔話は終わってしまった。黒砂さんも、向こうが積極的に話さない限りは質問をしない。

やがて幕は静かに上がって、淡い海景が描かれた大きな屛風(びょうぶ)が現れた。春子さんが乗っていた台は取り去られて、代わりに赤い絨毯が敷かれている。しばらくすると、車椅子の老女がすうっと舞台に出てきて、屛風の前でぴたりと止まった。

老女はひどくやつれて、眠そうな目つきをしている。危なっかしい様子だったが、録音のバックミュージックが流れると途端に背筋が伸びて、痩せた腕を宙に突き出し優雅に舞った。客席の中で一緒に踊っている人がちらほらといる。目の前の席の老人は楽しそうな表情で、膝を指でトントンと叩いてリズムを取っている。みんな知っているのに、私は知らない音楽。暗色の客席の海の中から、仄白い腕がゆらりと飛び出しては隠れ、月夜に跳ねる魚のようだった。

‡‡‡

## 1936年6月

点々と、道に美味しそうなスモモが落ちている。どこか美的な配置で、前衛的な茶室の室礼に見えなくもない。果物を着付けに取り入れるのも面白いかもな、と思いつつスモモの道の先を見ると、またもや誰かが地面に埋まっていた。演芸会の日にぽん太姐さんが埋まっていたのと同じ、蓮の池を芋畑にした場所である。そろそろ芽が出てもいい頃なのに相変わらずぬかるみのままで、芋畑の開墾は失敗に終わったようだ。

女の人のすぐそばに籐の籠が落ちているので、スモモはそこから転がり出たのだろう。その人はぽん太姐さんのようにぼうっとしていないで必死にもがいていた。私は慌ててその辺を歩いていた男衆を集めて救出した。

女の人は全身泥だらけになっていたが、スカートもブラウスも一目で上等なものだと分かった。ゆるやかにカーブさせた髪の毛は艶やかで上品で、どこのお嬢様がこんなところに迷い込んでしまったのかと思う。

男衆をさっさと帰して、手ぬぐいでぱたぱたと土を払ってやりつつ「災難でしたね」と言うと、女の人はふふ、と笑って「今度は私が助けてもらいましたね」と言った。女性にしては少し低めな声に聞き覚えがあり、じっと顔を見つめると、くっきりした二重の目が三日月に細められた。

「演芸会の夜に、お逢いしたものです」

「……もしかして、男装していた方?」

私がそう言うと、彼女は唇に人差し指を当てる仕草をした。よく見たら、確かに目鼻の形は同じだが、あの夜よりも頬はふっくら丸く見えるし、身長も低くなっているように感じる。

「見違えました。男装がお上手ですね」

「色々と細工をしたんですよ」

「あの夜はとても素敵でした。宝塚の人たちみたい」

私が思わず好きな劇団の名を言うと、彼女はぱっと目を輝かせて「観劇がお好きなの?」と言った。

「ええ、まあ、少し……」

私がそう言うと、彼女は途端にはしゃいで、ぺらぺらと好きな脚本家について語り始めた。しかし私は話の筋書きにはあまり興味がなくて、美術と衣装と俳優の美しさにほうっと見惚れにいくだけなので、いい加減な相槌を打つ。

私は幼い頃から、病院にやってくる芸者の姐さんたちの着物や簪を眺めるのが好きだった。自分を着飾ることには全く興味がないが、風変わりな模様や凝った細工を見つけては、どんな顔の人に似合うだろうと考えた。病院の奥さんは私の興味の矛先に気づいて、歌舞演劇を見に行く時は誘ってくれた。

父を失い、母は日に日に神経質になって、体も痩せて顔色は真っ青になっていたのに、私は蓮池に来た当初から街を楽しんでいたと思う。東京では工場ばかりの無骨な街に住んでいたので、綺麗な着物を着た姐さんたちや、迷路のような路地のそこここに現れる密やかな明かりが新鮮だった。だから、最後の方はほとんど母を顧みなかった。

「ねえ、玉子さん。あなたはこのあたりにお住まいなの?」

お嬢様はひとしきり好きな演劇の話をした後、はしゃいだ声でそう聞いた。

「はい。すぐそこの路地で髪結処をやっています」

そう言うと、彼女はますます顔を輝かせて、店に行きたいと言い出した。しかしこのワンピースに丸髷はないだろうし、私の店には流行りのパーマをあてる機材はない。忙しい時間帯は芸者がひっきりなしにやってきて戦場のようだ。一応店の名前は教えたけれど、本当に来られたらどうしようと思う。

「そういえば、あなたのお名前は？　もし、秘密じゃないなら……」

　私がそう聞くと、彼女はくすっと笑って「嵯峨浩、と申します」と言った。

「浩さんね。あなたは蓮池の人じゃないでしょう」

「ええ。家は東京なんですけど、絵を習っている先生がよく稲毛にスケッチ旅行に来るから、たまについていくんです。夜になると先生や男の画学生は蓮池に繰り出すんですけど、私はいつも置いてきぼりで」

「そうでしょうね」

「演芸会には誘ってもらえたので、是非行ってみたいと家の人に言ったら、そんな得体のしれない場所に行ってはだめだと言われて……」

「それは正しいです」

「でも、先生が背景を描くっていうし、どうしても行きたかったから変装してこっそり参加したんですよ。知り合いが何人か見えたけど、全然ばれませんでした」

　彼女はそう言ってふわりと笑った。話し方ははきはきとしていて、表情も明るく溌剌としているが、どこかふわふわ宙に浮いた雰囲気なのは、育ちのせいなのだろうか。子供のように好き勝手なことをしても許され、無邪気さと大胆さを失わずに大人になったという感じだ。

　その日は立ち話をしてそのまま別れた。なんとなく、再び会うことはないだろうと思っていたけれど、一週間も経たないうちに彼女は私の店にやってきた。午後は忙しいと告げておいたので、きっちり暇な昼の時間に、舶来の石鹸を持参してきた。石鹸は包み紙を開く前から強い薔薇の香りを放っていて、鏡台の上に置いておくだけで部屋が花畑になった。

「今日は夜に食事会があるんです。髪の毛やってもらえるかしら」

「どんなふうにいたします？」

「お任せします」

私のお客はみんな芸者で、日本髪以外は結ったことがない。しかし食事会の衣装を聞けばイブニングドレスだというので、西洋風のまとめ髪に仕上げなければいけないだろう。髪を梳かしながら思案していると、うなじに塗料の汚れがあるのに気づいた。

「何かついてる。塗り立ての壁に寄りかかったんですか？」

そう聞くと、彼女はふふと笑って「絵の具だわ」と言った。

「昨日、先生の家で絵を描いていたんです。手はしっかり洗ったつもりだったけど、絶対にどこかについてるんですよね。着物も何着もだめにして、画塾に行く時の着物はこれと決めているんですけど」

「先生って、演芸会にきていた髭を生やした袴の人？」

「そう。岡田三郎助っていう画家です。初めのうちは、私は女の子だけが集まる離れで鉛筆デッサンを勉強していたんですけど、最近は母屋で本格的な油画を描かせてもらってるんです。交代でストーブの火を入れたり掃除をしたりして面白いの」

「ストーブが面白いの？」

「玄関で寝ている先輩もいて、ひどい無精髭の人もいて、朝は先生の奥様がおむすびを配ったりしているんです。面白いでしょう」

画塾の面白さは理解できなかったが、彼女は非常に楽しそうに語った。

「画壇にはほとんど女性がいないんだけど、先生は女子の教育に熱心な人なの。これからどんどん女流画家が増えると思います」

「ふうん」

浩さんは大きな目をきらきらと輝かせて、身振り手振りを加えて岡田三郎助なる画家の功績について語った。未来の女流画家の指先をよく見ると、爪の中に赤や黄色の絵の具の残り滓(かす)が溜まっているし、右手の中指の関節付近は筆だこでかさかさしている。

髪はどうにか格好がついたけれど、手のお手入れをしないといけないだろう。浩さんにお茶を出して休ませつつ道具箱を漁(あさ)っていると、のし、のし、と階段を上る音が聞こえてきた。

まだお客が来る時間ではないのに、戸がゆっくりと開いて、ぼさぼさ髪のぽん太姐さんがふらりと入ってきた。

「うわっ、どうしたの」

ぽん太姐さんの髪をよく見ると、単に乱れているのではなく、あちこち不自然な長さに切られている。顔回りの髪はところどころ頬のあたりまで短くなって、お化けみたいに顔面に垂れ下がっている。

ぽん太姐さんが「まいったわ」と言いながら髪を搔(か)き上げると、その頬は血で真っ赤に汚れていた。

「ひっ」

私が思わず目を両手で覆って悲鳴を上げると、浩さんが素早く立ち上がって、何の躊躇もなく白いハンカチでぽん太姐さんの顔を拭った。

ぽん太姐さんは「あら……どうも」とのんびりした声で言いながら、悠然とされるがままになった。浩さんはぽん太姐さんの頰をまじまじと見つめながら、冷静に「大きな傷はないようですね」と言った。

「え、そうなの？」

浩さんがハンカチをしまってぽん太姐さんの側を離れると、ぽん太姐さんはひんやりとした愛想笑いを浮かべて「親切な人ねえ、どうも」と言った。

「どこの見世の新人？　ちょっと年いってるみたいだけど、絶対売れるわ。この商売、思いやりが一番大事よ」

「この人は芸者じゃないわよ。一体どうしたの？」

私がそう聞くと、ぽん太姐さんは目を少し大きく開いて、浩さんをちらりと見て深々とお辞儀をした後、のろのろと語り出した。

「まいったわ……。文雄に、もうお座敷に出るなって言われたの。結婚した時から、あたしが仕事を続けるのは嫌がっていたんだけど、この前、友達と旅行に行くって嘘ついてお客と温泉に行ったらばれて、怒られたの」

「それって、見世の女将さんとみんなで行った慰安旅行でしょ？　嘘つかなきゃいいのに」

「面倒なのよ。いちいち、説明するのが……」

　ぽん太姐さんはそう言って、西洋人めいた仕草で両手を上げてみせた。

「あたしは踊りが好きだから、座敷に出ないと退屈で死んじゃうでしょう。続けるとか、続けないとか、あなたが決めることでもないし、口出しすることじゃないわねって言ったら、怒って、髪を切られたの」

「あらら」

　蓮池には旦那持ちのベテランは数多くいて、子供がいても座敷で踊っていることは珍しくない。しかし誰と誰が本当に入籍しているのかは、いまいちはっきりしておらず、一人の男が複数の芸者を囲っていることもある。誰かに世話になっているからといって、仕事をしないと生活が立ち行かない人もいる。踊りや唄の師匠になる道もあるけれど、みんなが師匠になったら師匠だらけになってしまう。

　それ故に、みんな当たり前に芸者を続けるのだが、ぽん太姐さんの場合は文雄としっかり籍を入れているし、大きな店の跡取りなのだから、文雄としてはきちんと和菓子屋の女将になってほしいのだろう。

「あたしに、毎朝早起きして家族や奉公人の食事を作ったり、帳簿をつけたり、店先に立って愛嬌を振りまけって言うの……？」

　ぽん太姐さんはぶつぶつと呟いた。彼女に適性がないのは分かりきっているはずなのに、文雄は、結婚さえすればある日突然女将に変身してくれると思ったのかもしれない。

「……で、ふざけんじゃないわよと思って、途中で鋏を奪って暴れてやったら、文雄の額を切っちゃったみたいね。一瞬噴水みたいな血が出て、びっくりしたけど、文雄はまだ元気に怒ってたから逃げてきたの」

「返り血なのね」

私がそう言うと、浩さんがまたもや冷静に「頭部は血流がいいんですのよ」と言った。

「先生のアトリエで、芸術に思い悩んだ先輩が暖炉に頭を打ちつけて、床が血まみれになったことがありました。大騒ぎになったけど、傷は全然大したことなかったの」

「ねえ、大丈夫なの？　その画塾」

そう言うと、浩さんはころころと笑った。ぽん太姐さんが適当な愛想笑いを浮かべて「あなたは画家の卵なのね」と言うと、浩さんは頬を赤らめつつ、誇らしげに頷いた。

彼女は照れ臭そうな顔をしたまま、そそくさと血まみれのハンカチを畳んでハンドバッグに入れようとしたが、慌てて私が取り上げた。こんな訳の分からない血がついたものを持ち帰らせるわけにはいかない。責任持って文雄に洗濯させて返す約束をすると、彼女はふわりと笑って「これでまた会えますね」と言った。

ぽん太姐さんはぺたんと鏡の前に座って、自分の惨状を見てため息を吐きながら、黙々と化粧をやりなおしている。

「今日もお座敷があるのに……どうしよう」

「大丈夫、なんとかなるわ」

顔回りが被害が大きいから目立つけれど、切られているのはごく一部だ。私はぽん太姐さんの後ろに立って、ぼさぼさの髪を櫛で梳かしながら、長い髪の束の中に短い髪を隠していった。浩さんが助手のように横に座って、髪油の蓋を開けておいてくれた。

「どうも」

私はしばらく無口になって、ぽん太姐さんの髪と格闘した。どんなに油でおさえつけても、短い髪がぴょこんと出てくるところがあって苦心していると、浩さんがハンドバッグを漁って、中から淡い緑色のスカーフを出した。

「こういうのを使ったらどうでしょう」

「ふうむ、使えるかもしれない」

髪を後ろで束ねたところにスカーフを結び、丸めたスカーフを芯のようにしてふんわりと髪の毛を丸く結い上げ、仕上げにスカーフの両端を襟足に垂らし、ところどころ短い髪がはみ出ているところを隠した。うなじで薄羽のようなスカーフがひらひら揺れて涼しげだ。

「結構、いいんじゃないの」

私がぽん太姐さんの頭を横から後ろから何度も見ていると、浩さんは親方のようにどっしりと後ろで腕を組んで、深く頷いた。

「羽化したての蟬みたいに儚げで、素敵だと思います」

浩さんがそう言うと、ぼうっと作業が終わるのを待っていたぽん太姐さんが眉をひそめて

「蟬？　いやだわ体形がぼってりしてて、色が汚くてさ」と言った。すると、浩さんはくすっと笑った。

「羽化したての蟬は、薄荷の飴みたいな色なんですよ」

「あら、そうなの……？」

「羽根が開いた瞬間はとても透き通った色をしていて、だんだん夜明けのようにオレンジ色に染まっていくんです。薄荷色の儚げな姿は、羽化したての、ほんの一時間くらいしか見られない。だから余計に美しく感じられるんです。あなたにはそういう美しさがありますね」

浩さんがうっとりした顔で語ると、ぽん太姐さんは珍しく座りの悪そうな表情をして、頭の後ろに垂れたスカーフを指先で弄んだ。

「ふうん。あなたは、きっといい芸術家なのね。そういえば、あたしなんかより死んだ母親の方がとっても美しい人でね……画家のモデルになったこともあるのよ。黒田清輝っていう画家なんだけど、母が池の横でぼけっとしてたら、描かせてくれって言われたんだって」

ぽん太姐さんがゆらゆらと揺れながらそう言うと、浩さんは大きな目をさらに大きく見開いて、「本当ですか」と弾んだ声を出した。

「どの作品でしょうか？　『湖畔』かしら？　池の横なら違うかしら」

浩さんが浮ついた調子でぶつぶつ言っていると、ぽん太姐さんはにやりと笑って「嘘よ」と言った。

『スカーフも後日洗って返すことになって、私たちは浩さんに二つ借りを作ったのね。貸し借りがあるとね、人は何度でも会えるんだわ。次は蓮池のお茶屋で氷を食べて、スカーフとハンカチはしっかり洗って返したんだけど、ぽん太姐さんがお礼に虎屋（とらや）の羊羹をあげたのね。すると今度はそれがこちらの貸しだということになって、次に会う時に、浩さんは舶来物のキャンディーをくれたの。でも、それは彼女の貸しなのよ』

‡‡‡‡

2019年2月

演芸会の数日後、美術館に千葉日報の封筒が届いた。中には、黄ばんだ古い原稿用紙の束と「玉子さんのインタビューです」という黒砂さんの短いメモが入っていた。演芸会の日は気軽に送ってくださいと言ったが、いざ生の原稿を受け取ると、肉筆の気配にたじろぐ。近頃は文章のやりとりはデータばかりだったので、ヤニくさい原稿用紙の存在感に圧倒された。簡単に捨てることができず、編集部に溜まっていくばかりなのも頷ける。

原稿の中では、演芸会の続きの出来事がしっかり語られていた。謎の男装の麗人の正体も無事判明したが、その相手は驚くべきことに愛新覚羅溥傑の妻、嵯峨浩だったらしい。祖母のインタビューでは、浩という女性は岡田三郎助の画塾に通っていたと語られている。嵯峨浩の資料を読むと、確かに結婚前に岡田三郎助に師事していた記録がある。そんな狭い世界に同じ名前で同じ経歴の女性は何人もいないだろう。

やんごとない人を勝手に出すのが躊躇われて、後半はまるごとカットされたのだろうか。それとも、祖母の作り話だと思われたのだろうか。

「あら……松本さん、ぶつかるわよ」

昼休みにタブレットで嵯峨浩の資料を読みながら歩いていたら、突然声をかけられた。立ち止まって顔を上げると、目の前に油汚れでまだら模様になった電柱がある。慌てて横に一歩ずれる。春子さんがコンビニのアイスコーヒーを飲みながら「相変わらず忙しそうね」と言った。まだ肌寒いのに、彼女はひらひらした薄い花柄のワンピースを着ている。

「どこ行くの?」

「お昼を食べに行こうと思ってたんですが、調べものをしていたら、何を食べたいのか分からなくなってしまいました……」

「あらそう。あたし、お昼の出前を多めにとっちゃったから一緒に食べる? 海彦が届けてくれるの」

春子さんはそう言って、スパンコールのついた平べったいサンダルをペタペタ鳴らして歩いた。わざわざ人の家で父の料理を食べるというのは不思議だが、お言葉に甘えて、アトリエまでついていくことにする。途中で口出しされるのを嫌がる作家も多いなか、自ら進捗を見せてくれるとは有難い。

「春子さんって女子美出てますよね。岡田三郎助って知ってます？　女子美で教えていた画家なんですけど」

そう聞くと、春子さんは首を傾げた。

「女子美は通信でちょろっと行っただけだから、教授のことはあんまり知らない」

岡田三郎助は黒田清輝と同時期に活躍した画家であると同時に、熱心な教育者だった。とりわけまだ珍しかった女性画家の育成に力を入れていて、後に女子美術大学となる女子美術学校で教鞭を執り、自宅でも画塾を開いていた。

「岡田三郎助は八十年近く前に死んでる人なんですけどね」

「さすがにあたしもそこまで長く生きてないわ」

春子さんははははっと笑った。

風俗街に入ると、あちこちのビルにネットがかかって、一気に外壁塗装を行っていた。道端に作業服の青年たちが座り込んで弁当をかき込んでいる。この道にしては珍しくからっと明るい陽光が差し込み、青年たちが食べるだし巻き卵がぴかぴかしている。その様子を見るともなしに見ていると、春子さんがぽつりと言った。

「玉子さんの作る卵焼きが一番好きだった。本人は、自分の名前が玉子なんだから卵料理は失敗できないって言ってたわ。そういえば、海彦は作らないわね」

演芸会の時に見知らぬ老人が語っていた、祖母がみんなを呼んでご飯を食べさせていた話を思い出す。

「祖母は食堂のようなことをやっていたそうですね」

そう聞くと、春子さんは「うーん」と言って首を傾げた。

「そういう感じじゃなくて、知り合いが集まって一緒にご飯を食べてたってだけよ。みんなおかずやお菓子を持ち寄って。あたしが一番仲良くしていた芸妓の姐さんがね、清乃さんっていう人なんだけど、玉子さんのとこに毎日のように入り浸ってたから、あたしもちょくちょく遊びに行ってたの」

春子さんはラブホテルの角を曲がって裏路地に入ると、アロエの陰で居眠りをしている猫にさらりと挨拶をした。

「清乃さんは旦那さんとあまりうまくいっていなくて、家に帰りたくなかったみたいね。あたしもあんまり家に帰りたくなかったから、同じような感じ」

春子さんはそう言いながら、アトリエの格子扉を開いた。中に入ると、視界を黒が覆い尽くした。壁にずらりと大きなキャンバスが並べられて、それら全てが複雑な混色によって生み出された黒で塗り潰されている。春子さんはビゴーのような稲毛海岸を描くと言っていたが、これはまるで干潟の泥だ。

「意外な色です」

「今だけよ。抽象的にどんどん色を重ねて、そのうち混沌の色彩から具象が立ち上がる。最終的には、白っぽい海辺の絵になると思うわ」

「ここから明るい色になるんですか……」

「絵の具が乾ききった後なら、上から異なる色調の色を重ねても干渉しないからね。でも完全に隠れるわけじゃなくて、明るい色の下に見え隠れする。そうすると、絵に奥行きが出るのよね」

春子さんは道具箱から大きな刷毛(はけ)を取り出し、パレットを片手に持って絵の前に立った。

「清乃さんと散歩した海辺の思い出を描いているの。私が親と喧嘩して落ち込んでいると、清乃さんは心配して海に連れ出してくれた」

「優しい人だったんですね」

「ええ。でも、寂しい人だった。あたしみたいな一族のみそっこの子供とやたらつるんでいたのは、相手をしてくれる大人がいなかったから。蓮池の芸者としてそれなりに座敷に立ってはいたけど、時々顔や首にあざをつくって、急に休んだりしてた。だから、お金には困っていたし、他の人に借りて、返せないこともあったんじゃないかしらね。周りの大人たちとの関係は冷えていた」

「誰かに暴力を受けていたということですか？」

そう聞くと、春子さんは目を閉じて、ため息を吐いた。

「旦那さんによく殴られていたらしいわね。昔はとても優しい人だったのに、戦争で片足をとられて帰ってきてからは、人が変わったんですって。塞(ふさ)いでいるかと思えば、突然怒ったり……。

今の時代だったら病院連れて行ったらなんて言えるけど、当時はみんな大変だったからそんなこととしてる場合じゃなかったし、珍しいことでもなかった」

「ＰＴＳＤですね」

「カタカナは知らないけどさ。戦場で大変な思いをしたのは分かるけど、清乃さんにひどく当たるのは許せなかった。戦争に行っても立派な人は立派なままだったわよ。あの旦那さんが弱かったの」

春子さんはそう言うと、おもむろに刷毛に深紅の絵の具をつけて、どす黒い画面の中に線を描いた。深紅の次は緑、緑の次は青。まだ乾ききっていない下地と混ざり合って、褐色になる。それが何を意味するのか、私には分からないし、きっと春子さんも分からない。春子さんは言葉にならない感情を全て叩きつけながら絵を仕上げていく。

黙って見守っていると、格子扉ががらりと開いて、岡持をぶら下げた父が入ってきた。

「なんだひかり、また春子さんの邪魔をして」

「邪魔してない……とは、言えないかもしれない」

小声でぶつぶつ言うと、父は「あん？」と首を傾げて、岡持からせっせとクリームソーダとナポリタンとシーフードピラフを出した。確かに高齢女性の昼食にしては多めである。

「ありがとう。そのピラフ、頼んだことなかったから食べてみたかったの。でもいつもの味も食べたくて」

春子さんは憑き物が落ちたように柔らかく微笑んで、刷毛を置いて床にぺたんと座り込んだ。

父が甲斐甲斐（かいがい）しくラップを剝がし、春子さんに命じられるままピラフとナポリタンを半分ずつに分けた。

ふと、父が喫茶店を始めたのも結局は祖母の影響なのかもしれないと思う。私は祖母の手料理は食べた記憶はないが、幼い頃に、母が「お父さんが料理上手なのはおばあちゃんゆずり」と言っていたのを思い出す。家族の食事を作るのは昔から父の役割で、母はおむすびくらいしか作れない人だった。

喫茶店ロータスも住人たちの溜まり場としての機能を果たし続け、ふらりと古い住人たちが集まって、半世紀も前の出来事を語り合っている。政治家や芸能人、皇族など、この街に関係する著名人の話は擦り切れるほどに繰り返されているが、そういえば嵯峨浩の名前は聞いたことがなかった。

「嵯峨浩さんって知ってる？　おばあちゃんと仲良しだったみたいなんだけど」

私がそう聞くと、父は首を傾げた。春子さんもフォークにくるくるとナポリタンを巻き付けながら「聞いたことないわね」と言う。

「稲毛に愛新覚羅溥傑仮寓というのがあるでしょう。あそこでラストエンペラーの弟と住んでいた人ですよ。四十年前に作られた本のインタビューで、祖母が嵯峨浩さんと仲良くしていたと語っているんです。嵯峨浩さんは結婚前は画家を志していて、先ほど話した岡田三郎助に師事していたとか」

そう言うと、春子さんは目をぱちぱちと瞬いた。

「そういえば、清乃さんが、玉子さんに大事な絵を見せてもらったって言ってたことがあるわ。なんとなく、玉子さんが趣味で描いてる絵なのかと思って聞き流してたけど、その嵯峨なんとかの絵だったりして」

「うちには絵なんてないぞ。嵯峨なんとかの話も全然知らん。晩年はちょっと認知症入ってたし、妄想じゃないか……」

父は甲斐甲斐しく春子さんの横に紙ナプキンを置きつつ、そう言った。私も家でキャンバスの類は見たことがない。喫茶店に飾られている膨大な写真の中にも嵯峨浩の姿はない。インタビューであんなに詳しく楽しそうに語っているのに、思い出の品は一つも残っていないのだろうか。

帰宅してから物置を漁ってみたが、さほど大きくない生活スペースには、私と父のここ数年の荷物しか入っていなかった。祖母の服も蔵書も、私たちが使わないものはとっくの昔に捨ててしまったのだ。

辛うじて残してあるアルバムをめくると、喫茶店に飾ってあるのと同じような写真が沢山並んでいた。祖母は大抵口を大きく開けて笑っているのだが、一番古そうなアルバムの最初のページに貼ってある写真だけは、神妙な顔で直立している。モノクロ写真のなかで、祖母は派手な花模様の打掛を着ており、隣に紋付袴の男が立っている。おそらく祖父との婚礼の写真だろう。祖父は若い頃に亡くなっているので、顔も見たことがなかったが、なかなかハンサムだ。

写真をまじまじと見つめると、何やら背景に既視感があった。祖父母は小さな松の木が植えられた和風庭園に立ち、背後には格子の硝子戸がある。今と植栽が変わらないからすぐに分かった。この婚礼写真は愛新覚羅溥傑仮寓で撮影されたものだ。

２０１９年３月

房総(ぼうそう)の燃えるような緑を描いた日本画の前で、黒砂さんが三脚を構えて写真を撮っている。傍らには千葉日報の記者と先輩学芸員が立ち、今開催中の展覧会の話をしている。私は柱の陰から彼らの様子を見守って、取材が終わったところで黒砂さんに声をかけた。今日は千葉日報から取材に来るというので、『蓮池物語』と祖母のインタビュー原稿を返しがてら打ち合わせをする約束をしていたのだ。

会議室に案内すると、彼は一番端の椅子に静かに座りつつ、カメラバッグと三脚とレフ板を素早く足元にまとめて置いた。さすが機材と一緒に行動することに慣れている。

お茶でも淹(い)れようと思ったら、橋田さんが暇そうに鼻歌を歌いながら通りかかったので頼んだ。嫌そうな顔をされたが、給湯室に向かったから大丈夫だろう。

会議室に戻って『蓮池物語』とインタビューの原稿をテーブルに出すと、彼は私の目を見つめて「どうでした?」と聞いた。

「面白かったですけど、本当の話なのかどうか……。父は、祖母の妄想じゃないかって言ってます」

そう言うと、黒砂さんは首を傾げた。

「何故そう思うんですか」

「誰も、祖母から嵯峨浩さんの話なんて聞いたことがなかったからです。写真も手紙もない。祖母の婚礼写真をよくよく見たら、愛新覚羅溥傑仮寓の庭で撮られていましたから、伝手はあったのかもしれませんが、あそこまで仲の良い友達だったのかは疑問です。インタビューの内容は嵯峨浩がメインといってもいいくらいなのに、全てカットされているのがひっかかるんですよね。やはり話の信憑性(しんぴょうせい)が低かったのではないでしょうか」

「でも、妄想や嘘にしては話が詳しすぎると思います」

黒砂さんはそう言うと、カメラバッグの中を漁って、くたくたになった千葉日報の封筒を取り出した。

「玉子さんのお話の原稿をまた見つけたんです。多分、以前お渡しした原稿の続きです」

「まだあったんですね……。ありがとうございます」

「まだ続きがありそうな話しぶりだったから、僕も気になってしまって、あらゆる棚をひっくり返しました」

封筒は、前回よりもかなり厚みがあった。私の知らない、祖母の膨大な言葉の海。古い原稿用紙はなんだか冷たくて、重くて、湿っているような気がした。

私は原稿用紙を大事に仕舞って、今度は所蔵作品の目録をテーブルの上に置いた。そろそろ黒砂さんの展示プランも具体的に決めないといけない。

「ところで本題ですが、コラボレーション作品を決めましたか？　ジョルジュ・ビゴーと浜口陽三は他の作家が使うので被らないようにしたいんですが」

そう言うと、彼は途端に顔をぎこちなく伏せて、「全然決まってないです」と蚊の鳴くような声で言った。

「何か、今回の制作でキーとなるモチーフとかありますか。日記以外にも、お祖父様の遺品を作品に使ったりします？」

黒砂さんは顔を伏せたまま、首をゆっくりと横に振った。

「使いません。日記以外の遺品は全て捨ててしまいました」

「そうでしたか」

「土蔵の中には古い本や食器なんかが詰め込まれていたんですが、長居してじっくり片付ける気にならなかったので、全部まとめて廃品回収業者に引き取ってもらいました。もともと、嫌いな場所なんです。ひどく黴臭くて、埃っぽくて、冷たくて……」

淡々とした彼の声に、徐々に苛立ちのようなものが混ざる。ひとまず余計な相槌を打たずに彼の言葉に耳を傾けていると、彼は私の不安げな視線に気づいて少しだけ微笑んだ。その表情は、たった数秒間を取り繕うために表れ、私が微笑み返す間もなく消え去った。

「松本さんは、家の中で怖い場所はありませんか」

「全然、考えたこともないです」

　そう言うと、彼は「なるほど」と呟いた。

「僕は、祖父母の家の土蔵がとても怖かったんです。何か粗相をしたら、すぐに閉じ込められるから。窓のない、冷たく固い、土の匂いがする場所で、重い鉄の戸は冬になると凍って一人では開けられなくなります。祖父の虫のいどころが悪い時にちょっとした失敗や我儘な発言をすると、彼は僕を担いで土蔵に連れて行きました。僕は本気で抵抗していたけれど、祖母も両親も、祖父を止めてくれませんでした。祖父は無表情で言葉も不明瞭で、僕にとっては何の親しみも感じられない人でした」

　彼はテーブルの上で重ねた白い手をゆっくり摩りながら、訥々と語った。言葉が降り積もるごとに表情も声も強張っていく。実の祖父に対して、いまだに溶けることのない恐怖感があるらしい。

　控えめに会議室の戸が叩かれて、橋田さんが神妙な顔でお茶を持って入ってきた。一応担当学芸員だというのに、挨拶もせずに去っていく。温かいものを飲みたい気分なのに、彼が持ってきたのは恐ろしく冷えた麦茶だった。

「父にとって祖父は、そこまで恐ろしい存在ではないようでした。僕に全く落ち度がないわけではなかったから、折檻は致し方ないと思っていたようです。祖父が死ぬまで、父は必ず正月に福島の実家に帰りました」

　一つの暴力に対して、厳しさや逞しさを感じるのか、狂気を感じるのか、その人が生きてきた世界によって全く違う。暴力に耐えることで成長すると思っている人は、傷ついて弱った人に更なる傷を与えようとする。

「僕が小学校三年生の時に、雪の夜にいつもより長い時間土蔵に閉じ込められました。全身が痛いほどに冷えて、助けてと叫んでも出してもらえませんでした。どうにかして体を温めないと死ぬと思って、土蔵の中の荷物を漁っていたら、おぞましいものを見つけたんです」

「おぞましいものとは……」

「血のようなもので汚れた、男物の古い着物です。胸のあたりに大きく広がった褐色の染みは、恐ろしい暴力の痕跡に見えました。僕は直感的に、祖父が殺人を犯したんだと思いました。誰かを殺していてもおかしくない人だと、ぼんやり思っていたから」

　私は唾を飲み込んだ。土蔵に汚れた着物があっただけで、祖父の殺人事件を空想するなんて行きすぎている。幼い男の子が、肉親をそこまで恐れる環境とは、どんなものなのだろう。私はうまく想像できない。

「過去の暴力の痕跡が残った着物を、戦利品のように大事に取っていたのではないかと……。あの長閑な場所では、そうそう血なまぐさいことは起こりませんから」

「戦利品、ですか」

「僕に対しては、目に見える傷が残るようなことはしませんでしたが、僕が泣くといつも、口を強く塞いだり体を押さえつけたりして脅しました。そして僕を閉じ込める時、どこか安堵した表情を浮かべていました。人を怯えさせて支配下に置くことに、苦しみではなく達成感を覚える人だったんです。気色の悪い愉悦さえ抱いていたかもしれません」

黒砂さんは視線を冷たいグラスに落とした。青白い頬に睫毛の影が落ちて、人形めいた印象が強くなる。

「お祖父様は、着物のことについて何か言っていましたか」

「聞く機会はありませんでした。祖父は僕を閉じ込めた後に、心臓発作を起こして廊下で亡くなっていたんです」

「そうでしたか……」

「両親も祖母も、僕に折檻をしている祖父には近づきたがらなかったので、祖父の死体も、凍える僕も、一時間以上放置されました」

淡々と語る彼の表情はもう動かない。彼は結露したグラスに口をつけて、ほんの少しお茶で口を湿らせた。

「祖父が亡くなってからは、帰省自体なくなったんですが、着物のことは心のどこかでずっと引っかかっていました。だから今回思いきって土蔵の中に入って全てを見たんですが、あの着物は出てこなかった。祖母が処分したのか、父が処分したのか分かりません。なんとなく、僕は今回の制作で、あの血まみれの着物の真相を知ることができるかもしれないと思ったんです」

「稲毛で、殺人事件か何かが起きていたということですか?」

「そんな予感がするんですよ」

黒砂さんはそう言って、ぼうっと虚空を見つめた。彼の語ることには、どうも違和感がある。

祖父から受けた折檻の記憶や、祖父に対して抱いている怨念は本当だろうけど、何か重要な事実を伏せているような気がする。祖父と、血まみれの着物と、稲毛のお屋敷を繋ぐ材料を、おそらく彼はもっと摑んでいる。

作品制作の過程の秘密を全て学芸員に見せる必要はない。今の話も、赤の他人である私が聞いてしまっていいのかという内容だった。私は心の傷や狂気そのものを扱う専門家ではないから、正直に言って困惑している。しかし、作品の背後に潜むものはどんなに恐ろしくてもいい。作品は、誰にも言えない秘密を昇華させる道具でもある。

「まだ時間はたっぷりあるので、じっくり進めてください。コラボレーション作品については、こちらでも合いそうなものをリストアップしておきます」

私がそう言うと、彼は頷いて、ちっとも手を温めてくれない冷たいグラスを瘦せた両手で抱え込むように持った。彼はお茶を少しだけ飲むと、私の顔を見つめてこう聞いた。

「幼い頃に当たり前だと思っていたことが、大人になって、重い秘密としてのしかかってくることはありませんか」

「家族のことですか」

「はい」

私の家は少しだけもの寂しいが、父と私の間に、人様に言えないような秘密は何もない。誰に見せても気に留められない平凡な毎日が積み重なっているだけだ。

「うちは、ないと思います」

そう言うと、黒砂さんは薄(うっす)らと冷たい笑みを浮かべた。

「あの、家族間の暴力やヒステリーが題材の所蔵作品ってありましたっけ」

黒砂さんとの打ち合わせの後、試しに橋田さんに聞いてみたら、彼は盛大に眉間に皺を寄せた。

「なんだなんだ。『NEW OCEAN』ではあまり暴力的な作品は展示しないでほしいな。市議会議員と県知事は確実に見に来るから、健全に仕上げてくれ」

「健全」

人間の奥底にある清濁入り混じった混沌から生まれるのが美術なのに、権力者のために「健全」に仕上げろとは、長年学芸員をやってきたとは思えない雑さである。私が目を見開いて呆れた顔を見せると、彼は少々バツが悪そうになって、「うちには草間彌生(くさまやよい)とかあるけど」と言った。

「それは知ってます。でも違うような気がします」

「もうちょっとヒントが欲しいかなあ」

橋田さんはやや長いグレーの前髪を整えながら、ぎこちなく微笑んだ。何もかも私に丸投げしている状況に多少は後ろめたさがあるらしい。

「キーワードとしては、土蔵と、血、雪の冷たさ」

橋田さんはふせんにキーワードをメモしながら、首を傾げた。

「さっきの彼のテーマは、随分暗そうだね」

「さあ、どうでしょう」

ひとまず橋田さんに候補作品のリスト作りを頼んだが、黒砂さん自身が作品を見つけないといけない気がする。

‡‡‡

1936年9月

写真の中の私は冷たい表情をしている。夫も魂を失った人形のようだ。わざわざ知り合いの芸妓さんから良い写真師を紹介してもらって、浅間神社の横の立派なお屋敷を借りて撮影させてもらったのに、いまいちしっくりこない。もっと思い切り笑えばよかった。

私は二ヶ月前に文雄から紹介された左官屋の青年と見合いをして結婚した。どんな人だか全然分からなかったのだが、顔が中性的で私の好みだった。文雄は私の好みをよく分かっているから、決して断らないと踏んだのだろう。身寄りのない私に、他に縁談を紹介するような人もいないし、はなから前向きに考えるつもりで挑んだのだ。会ってみると写真よりも目が大きく明るくて、肌は漆喰（しっくい）のように白かったから、私はすぐに結婚したいと思った。

彼は無口で何を考えているのかよく分からないが、私が家事で失敗しても優しくて、笑顔は可愛らしい。それなのに、日に日に体は泥水に浸かっているように重くなって、頭もぼんやりする。

「調子はどう？」

ぽん太姐さんが店に入ってきて、開口一番にそう言った。私は婚礼写真を鏡台の引き出しにしまって、のろのろと顔を向けた。

「今日は、ましな方」

「大変なのねえ。それにしても、こんなに早く子供ができるなんて驚いた」

結婚して間もなく、私も驚くほどあっさりと妊娠した。仕事はぎりぎりまで続けるつもりでいるが、漣のように訪れるつわりに苦しめられている。

「顔がどんどん変わっていくわねえ。相手の人に似ていっているような気がする」

「私の顔が？」

夫婦は似てくると言うが、普通はもっと年を取ってからそうなるものだろう。まだ一緒に暮らして二ヶ月しか経っていないのに、そうそうすぐに人の顔は変わらない。

「昔はもっと文雄に似てた」

「えっ、文雄に？」

「昔からあなたたち仲良かったでしょう……。似ていると思ってたの。でも、もう全然似てない」

ぽん太姐さんはどこか拗ねた調子でそう言った。彼女の話は一見ミステリアスだが、よくよく読み解くと意味が分かる。これは私の顔形のことを話しているのではなく、彼女の今の気分の話をしているのだ。私が新しい家族に心を奪われていることが、ちょっと気に食わないという報告だろう。既婚の大人の女とは思えない子供っぽい物言いだが、この人は、いくつになっても自分中心なのだ。それでも許してしまえる人しか彼女の周りに残らない。

彼女を鏡の前に座らせて、少女のように細くてつやつやした黒髪に櫛を入れていると、とんとんとん、と階段を上る音が聞こえた。

「あら、浩さんだ。ちょっと久しぶり」

私がそう言うと、ぽん太姐さんは「よく分かるわね」と言った。出会ってから数ヶ月、私は浩さんの足音がすぐ分かるようになっていた。優雅な身振りだけれど動作は案外素早くて、狭い階段を軽快に駆け上がる。今日も明るい音を響かせて彼女はやってきたけれど、扉をすぱんと開いて現れた彼女の瞳には涙がたっぷり溜まっていた。

「どうしましょう」

浩さんは震える声でそう言った。

「どうしたんです?」

「……お見合いをすることになったんです」

彼女の大きな目からはさらに涙が湧き出して、わっと決壊した。ぽん太姐さんはその様子をどこか楽しそうに眺めながら「何よ、お見合いくらい、いいじゃない」と言った。すると、浩さんが嗚咽しながら「断れないお見合いなんです」と言った。

「国の方針で決められた結婚なんです」

「国？」

浩さん曰く、彼女はかの滅亡した清国皇帝の弟と結婚させられるらしい。数年前に作られた満州国の皇帝の弟で、浩さんはその妃になろうとしているのだ。彼女がどこかのお嬢様だということは分かっていたが、そんな大それた結婚を勧められるような家柄だとは知らなかった。

ぽん太姐さんがまたもや「いいじゃないの」と軽い調子で言う。

「外国に嫁ぐなんて考えたこともなかったし、見合い話を持ってきた軍部の人がすごく高圧的で嫌だったんです。それに、まだ絵を描いていたいから結婚なんてしたくない……」

「断れないなら、相手に嫌われればいいんじゃない？」

ぽん太姐さんが呑気にそんなことを言った。

「どうやって？　失礼なことをしたら後が怖いわよ」

「殿方の好きなものは国籍も立場も関係ないのよ。きっと浩さんが不細工だったらこなかった話でしょう。お見合いの最中に、ずっと口を歪めて変な顔をしていたらいいと思うわ」

「そんなのすぐにふざけてるってばれるでしょう」

「でも確実に興醒めはするでしょ？」

しくしく泣き続ける浩さんの横で私たちがくだらない話し合いをしていると、また足音が上がってきて、文雄が部屋に入ってきた。

「忘れ物」

文雄はそう言って、貝殻の帯留めをぽん太姐さんに差し出した。

彼は以前ぽん太姐さんの髪を無理やり切って返り討ちに遭って以来、大人しく彼女の仕事を見守るようになった。うっかりもののぽん太姐さんの代わりにお得意さんへの贈り物を用意したり、こうして忘れ物を届けたりもしてくれる。

文雄は部屋の隅に座り込んで泣いている浩さんをちらりと見たが、誰なのかも聞かずにさっと視線をそらした。彼は育った街の性質のおかげで、泣く女も叫ぶ女も暴れる女も見慣れているのだ。

「玉子、痩せたんじゃないか。これを食べなさい。大事な時期なんだから」

文雄はそう言って、羊羹の包みを差し出した。妊娠してから全然食欲がないのに、何故だか羊羹はいくらでも食べられる。文雄に一度そんなことをぽろりとこぼしたら、毎回お店で一番人気の羊羹を差し入れてくれるようになった。姐さんたちから色々な店のお菓子をもらうけれど、文雄の店の羊羹が一番美味しい。

しかし私へのお見舞いというのは口実に過ぎない。私の体調を気遣って優しげなことも言ってくれるのだが、ぽん太姐さんがいると視線はじっと彼女に注がれていて、ぽん太姐さんの動向を窺(うかが)いにきているのが明らかである。ぽん太姐さんがいない時は、仕事の愚痴をぶつぶつと呟いて帰る。

「具合が悪いんですか?」

浩さんがいつの間にか泣き止んでいて、部屋の片隅で背筋を伸ばして正座しながらそう聞いた。

「つわりです」

「えっ？　つわりというと」

「先日結婚して、妊娠したんです」

「いつの間に……。おめでとうございます」

浩さんが呆気にとられた顔でそう言うと、ぽん太姐さんが「あたしもびっくりしたわあ」と言った。

「相手はうちの土蔵の壁を塗りにきた左官屋でねえ。文雄が、玉子が絶対に好きな顔だって言って、縁談をすすめたのよ。玉子は役者の追っかけばっかりしてるから、このままじゃ現実の男と結婚できないだろうからって……。そうしたらあちらも乗り気で、あっという間に色々決まって、ねえ文雄。あら、いないわ」

文雄は私たちの会話が始まると、いつの間にか部屋から出ていた。浩さんは「私、お邪魔だったかしら」と気にしたが、私とぽん太姐さんが首をぶんぶん横に振る。

「どうせ玉子にまとまりのない話をしにきただけでしょう。最近世の中がざわざわしているから、なんだかぼんやりと怖いみたい。気が小さい人だからさ」

ぽん太姐さんはそう言って、羊羹の包みを手元に引き寄せて手早く開いた。小皿を渡そうと思っている間に彼女は竹串で薄く切って、素手で持って私に「はい」と差し出した。薄い羊羹は透けて血のような色をしている。ぽん太姐さんは、そのお行儀の悪いやり方で浩さんにも羊羹を渡した。

「結婚したなら、教えてくれたらすぐにお祝いに来たのに」

浩さんは悲しそうに呟いた。

「本当に急だったので、ばたばたしてて」

「急ぐ理由があったんです？」

「いいえ、別に。ちょうどいい年頃だし、特にずるずると引き延ばす理由もないっていうだけです」

「そうですか。豪胆というか、あっさりしているというか……私がぼうっとしすぎているだけなのかしら」

浩さんがそう言うと、ぽん太姐さんはにやりと笑って「ぼうっとするのが許されている間に、思い切りぼうっとしておいたらいいわ」と言った。

「みなさん、幸せですか」

浩さんは目を潤ませてそう聞いた。

「まあ、朝起きて好きな顔がそこにあると、満たされた気持ちにはなりますよ。どんな人なのか全然知らないまま一緒に暮らし始めたけど、文雄が見立てただけあって、顔だけはものすごく好みなんです」

ここで幸せでないと言うことはできないので、とりあえずそう言うと、浩さんが「顔ですか」と驚いたように呟く。ぽん太姐さんはけらけら笑って「玉子らしいわ」と言った。

数ヶ月後、浩さんの婚約の話が大々的に報道された。満州国皇帝の弟なんてどんな恐ろしげな人かと思ったら、ほっそりとした優美な顔だちで、皇帝の一族だの軍人だのというよりは、都会の文学青年のような印象だ。ぽん太姐さんも珍しく新聞をまじまじと覗き込んで、「いいじゃないの」と呟いた。

日に日に報道が増えていくと、浩さんの出自を矢鱈(やたら)詳しく紹介している記事も出てきた。浩さんは父方が皇族の遠縁にあたる嵯峨侯爵家で、母方がヒゲタ醬油の創業者一族らしい。想像以上に立派な家柄なのだなと思ったが、記事の中には浩さんを「醬油屋の娘」と揶揄(やゆ)するような内容もあった。人は他人にケチをつける時に、驚くべき独創性を発揮する。

報道が出てからひと月ほど経った頃、スカーフを頭に巻いた浩さんが店にふらりと訪れた。顔が全国に知られてしまったせいか、色眼鏡をかけて顔を隠している。眼鏡とスカーフをとると、顔色は青ざめて頰が瘦せていた。小脇には、布で包まれた大きな板状のものを抱えている。

「やっぱり、忙しいんです?」

そう聞くと、彼女は頷いて、大きな板状のものを大事そうに撫(な)でた。

「最後の作品を描かないといけないのに、色々な雑事に邪魔をされて集中できなくて」

「それはキャンバス?」

「画用紙です。とりあえず目についたものをスケッチしているんです」

彼女はするすると布を開いて、使い込まれた画板を見せた。二つ折りの板を開くと、中に真っ白な画用紙が何枚か挟まっている。彼女は婚礼の支度に奔走していたのではなく、作品制作で忙しかったらしい。

「どうして最後なんです？」

単純に疑問に思ってそう聞くと、彼女はぽかんと不思議そうな顔で私を見た。

「画家を目指せるような立場じゃなくなるから」

「立場？　ああ、結婚するから？」

「ええ。手慰みにスケッチくらいはできるかもしれないけど、先生や他の画学生の人たちと一緒に画家を目指すなんてもう無理。寛容な旦那さんを相手にするだけだったらいいかもしれないけど、私の立場では……」

「ふうん」

そう言われてみると、皇族の妻が自らを画家だの学者だのと名乗っているのは見たことがないような気がする。普通の結婚のようにただ妻という立場が付与されるのではなく、重大な仕事でもあるのだ。その辺の職業婦人なら趣味に絵を描くことだってあるだろうが、自分の時間も持てないほどなのだろう。

「私には想像できない世界だわね」

素直な感想を思わずこぼすと、彼女は寂しそうに微笑んだ。突き放したような言い方になってしまったかなと思ったけれど、想像できないものは想像できない。

「絵を本気で描いている瞬間は、世界が混沌とした色のかたまりになって、名前も善悪も関係なくなるんです。当然、国も家もどうでもよくなる」

「確かにあなたの立場でそれは許されなそう」

浩さんはこくりと頷くと、寂しそうな顔で画板を再び布にくるんだ。まだ家に帰りたくなくて、駄々を捏ねる夕暮れの子供のような表情だ。私はふと思いついて「海に行ってみます?」と言ってみた。

「海?」

「稲毛海岸。綺麗だし、描いたら楽しいんじゃないかしら」

稲毛海岸はこのあたりでは一番の景勝地だ。砂浜にはいつもぽつぽつと水鳥のように人影が立ち、一人で黙々と立派な油画を描いている人もいれば、みんなで集まって下手くそなスケッチを描いている人もいて、絵描きに人気がある場所だなと思っていた。

しかし、私の提案はあまりにも凡庸だったのか、浩さんはあまりピンときていない様子だ。

「あそこは先生や先輩方がよくスケッチに行ってます。私は一緒に行ったことはなかったんだけど」

「行ってみましょうよ。ぽん太姐さんも誘って。一応、蓮池一の美女って言われてるから、海が大したことなかったらあの人を描いたっていいし」

狭い部屋の中でうじうじしているよりは、きらきらと移り変わる波の光を見ていた方がましだろう。そう言うと、彼女は少しだけ明るい表情になって「ピクニックですね」と言った。

数日後、私たちは菓子や寿司を持ち寄って海岸に集まった。当初はぽん太姐さんと三人で行く予定だったのに、浩さんの親戚の画家も一緒に来ることになって、それに興味を持った文雄もついてきて大所帯になった。遠浅の海は鏡のように青空を映して気持ちがいい。波打ち際は透明な日光を浴びてきらきら光っている。

「波の飛沫が、時々七色になってる……」

なんとなくそう呟くと、浩さんが大きな目をさらに大きく見開いた。

「玉子さんって、目がいいですよね」

「視力は落ちたことないですけど」

「そういうことじゃなくて、美しい色を見つける能力に長けていると思う。さすが一流の髪結いですね。画家の素質もあるかもしれないわ。一緒に描きます？」

「結構です。描き方分からないから」

「あらそう」

浩さんはさらりと言うと、今度は厳しい表情で水平線を見つめて、うろうろと砂浜を歩き回った。こんな視界の開けた場所ならどこで立ち止まっても大体同じ絵になると思うのだが、彼女は画用紙に収めるのに最も相応しい場所を慎重に探している。

文雄は浩さんが連れてきた画家に興味津々で、筆や絵の具の種類など、画家でない人間が聞いたってどうにもならないことをいちいち聞いている。

文雄は幼い頃から美しい工芸品や美術品が好きだった。色とりどりの硝子のおはじき、芸者衆の簪、紅入れなんかを欲しがって、男の子たちから女のようだと揶揄われていた。

浩さんの親戚は彼女より少し年上で、絵の勉強でパリに留学する予定らしい。もうすぐ満州にお嫁に行く浩さんとは全く違う境遇だ。浩さんの親戚の画家は、近頃の世界情勢や画壇の動向について難しい顔で語っている。それを聞く文雄も一緒に難しい顔をしているが、どの程度理解しているのか不明だ。本物の画家というのは随分、絵を描く以外にやることが沢山あるのだなと思う。

ぽん太姐さんははなから彼らの会話に入る気などなく、うろうろと視線を彷徨わせている。遠くに着物姿の紳士を見つけると、「あっ」と言って小走りで駆け寄った。どうやら馴染み客らしい。彼女は紳士と一緒に波打ち際を散歩しはじめた。文雄は一瞬その様子に視線を奪われたが、つとめて意識を画家の方に戻して、難しい話をじっと聞いていた。

浩さんは波打ち際から少し離れたところでおもむろにしゃがみ込んで、画板を開いて木炭を手に取った。画板を包んでいた布が潮風に吹かれて飛んでいきそうになったので、慌てて拾う。

「いい風景、見つけたの？」

布を畳みつつそう聞くと、彼女は頷いたが、目はこちらを向いていない。敷物も敷かずに砂の上に片膝をつき、やや上体をかがめて、食らいつくように絵を描く姿はおよそお嬢様らしくない。私はそれとなく彼女の後ろに立って、人目につかないようにした。

彼女の髪は私が今朝整えたばかりで、前髪をくるんと優雅に巻いて、後ろ髪は束ねてモダンな縞のスカーフで飾ってある。しかし今となってはすっかり風に煽られ、砂が付着して台無しである。画板を支えるために両腕を広げていると、やたら肩が逞しく見える。彼女が絵を描く姿は初めて目にしたが、勇ましくて野性的で、なるほどこれはお姫様の仕事ではないのかもしれないと思う。

彼女が白い画用紙にすうっと一本の線を描くと、海と空が出現した。何気なく描いたように見えるのに、私が同じようにしてもきっとこんな表情豊かな線にはならない。彼女は今度は縦にいくつかの細かい線を走らせ、その次に木炭を寝かせて、細かな陰影を描いていった。

「もしかして、それってぽん太姐さん?」

どれほど時間が経ったのか分からないが、彼女がようやく木炭を置いて一息ついた隙を縫って、私はそう聞いた。画用紙の真ん中に、着物姿の男女が立っている。男の方は後ろ姿でぼんやりしているが、女の方は横を向いていて、端整な輪郭が緻密に描かれている。浩さんは絵と目の前の風景を見て、「あら、そうだわ」と言った。

「意識せずに描いていたの?」

「なんとなく、華やかで綺麗な人がいるなあと思ったから思わず描いたけど、ぽん太さんだったわ」

その人が誰なのかということより先に、色と形がある。彼女が語っていた「世界が混沌とした色のかたまりになる」とはこういうことかと思う。

「いつもは近くでお話ししているから、遠くから全身を見るのが新鮮な感じ。こうして見ると、全然違う人に見えるから不思議ね。なんだか雰囲気があって……」

　私たちが会うのは私の狭い店やお茶屋の軒先だった。いつも座っている人が、街をふらふら歩いているのを見かけると、存外背が高くて驚いたりする。それに私はすっかり見慣れてやや麻痺しているが、お客を相手にしている時のぽん太姐さんは普段より数段色っぽく変化する。

「人を惚れさせる商売が、心の奥底まで染み付いているのよ。あの人は、少したちの悪いところがあるから気をつけて」

「へえ？」

「夢を見させるのよ。昔から、私のことを世界一立派な髪結いになれる才能を持っていると言うし、文雄のことは世界一賢くて繊細な芸術家だと褒めそやす。そんな訳ないのにね。そういうことを話す時の彼女の目つきはとろんとして、全身からあやしい光が発しているのよ。今もきっと、あの殿方に美しいことを言っているんでしょう」

　私がそう言うと、浩さんはくすっと笑って「素敵じゃないですか」と言った。

「でも如何せんいい加減だからね、他の人と一緒の時は、全然違うことを言ったりするの。彼女は誰に対しても一番って持ち上げるけど、世界の誰もが一番になったら辻褄が合わないからね」

　ぽん太姐さんと友人関係を築くのはコツがいる。普通の女の子と同じように接してもうまくいかない。浩さんはぽん太姐さんに惹かれているようだし、私も彼女と長く一緒に居たいから、先に彼女の悪癖を知らせておこうと思った。しかし思いのほか興が乗って、少々きつい物言いになってしまった。これではただの陰口だ。気まずくなって口を噤むと、浩さんは「言葉は大事です」と呟いた。

「褒め言葉が大袈裟でも、結構じゃないですか。日頃から大きな話をされた方が、人は伸びます」

浩さんはそう言って微笑んだ。それから画用紙を入れ替えて、再びぽん太姐さんの姿を描き出した。今度は横の殿方は描かれず、着物を着たすらりとした女の上半身が切り取られている。兎にも角にも、ただ遠くで立っているだけなら、これほど価値のある人はいない。

浩さんはぽん太姐さんの姿を何枚か写しとると、ふと顔を上げて「子供の名前は決めました？」と言った。

「まだ全然」

「もし、何も思いつかなかったら、真砂という名前をつけてください。真の砂と書いて真砂。今日の白くて美しい砂浜を見ていたら、不思議と、まだ見ぬあなたの子供の顔が思い浮かんできたんです。素晴らしい輝きが幾億も降り積もる命になるように」

浩さんは私の顔を見上げてそう言った。今日の彼女はすっかり自分の絵のことしか考えていないと思っていたから、私の子供のことを考えていたなんて驚いた。

私は彼女に画用紙の切れ端をもらって、慌てて名前を書き留めた。お礼を言うと、彼女はふわりと微笑んだ。その時の彼女の顔は、日を浴びて輪郭が銀色に輝いていた。風に揺れる髪の毛は葦の厳しい強さを持ち、目は水晶玉で、なんとなく、人でないものに見えた。とても得難いものをもらった気がして、私は「真砂」と書いた紙を見つめた。

しばらくすると、彼女はまたきりりとした勇ましい表情になって、画用紙を新しいものに入れ替えた。彼女の視線は白い画面の中に閉じ込められて、もうその世界に私はいない。

砂浜を見渡すと、文雄と画家はいつの間にか小高いところに敷物を敷いて、寿司と団子を食べていた。私と目が合うと文雄が手招きをしたので、私は彼らの方に向かった。

‡‡‡

2019年3月

『浩さんが提案してくれた名前はすごく気に入ったけど、いざピクニックから帰って冷静に考えてみたら、ちょっと風変わりで、夫に文句言われるかもなって思ったの。でも夫に言ったら褒めてくれたのよね。友達に考えてもらったって言ったら、有難いね、なんて言ってくれたわ。ピクニックの半年後に浩さんが結婚して、稲毛のお屋敷に住み始めて、その少し後に真砂が生まれた。真砂の名前を呼ぶたびに、綺麗な白い砂を思い出して清々しい気持ちになったわ。名前は、ただの識別のための記号じゃなくて、記憶を呼び起こすためにあるんだわ。音に魔法がかかるの』

黒砂さんから預かった原稿を数枚読むと、祖母の結婚の経緯と嵯峨浩の見合い話が語られていた。愛新覚羅溥傑仮寓は、浩と溥傑のために新しく建てられたものではなく、もともと稲毛に存在していた空き家の別荘を借り上げたものだった。祖母が婚礼写真を撮った時はまだ浩は住んでいなかったらしい。

しかしそんなことよりも気になったのは祖母の第一子の存在だ。父とは名前も年齢も違う。嵯峨浩が溥傑と結婚したのは一九三七年で、祖母はその少し後に出産したことになっている。父の年齢から逆算すると、彼が生まれたのは一九四五年だ。いくら祖母が認知症になりかけていたとしても、自分の子供を産んだ時期と名前を間違えるだろうか。

父に兄姉はいない。真砂は父が生まれる前に亡くなったのか、何か理由があって絶縁しているのか。祖母の話が本に載らなかった理由は、もしかするとこの真砂の存在にあるのかもしれない。

「おおーい、ちょっときてくれ」

階下から私を呼ぶ父の声が聞こえて、慌てて読みかけの原稿用紙を仕舞った。階下のキッチンに下りると、父が岡持を二つ並べて、中にスパゲティやオムライスをぐいぐい詰め込んでいる。

「配達手伝ってくれ。一人じゃ持ちきれん」

「また？」

さして多くない休みの日も、時折こうして父に駆り出される。学生の時も配達を手伝うことはたまにあって、岡持を持って街を歩いているのを同級生に目撃されるのがとても嫌だった。今は人に見られたってなんてことはないが、父の常連客につかまって無駄に時間がかかる。

「どこに持っていくの？」

「全部春子さんのアトリエだ」

「こんなに沢山？　誰か遊びに来てるのかな」

「さあな」

私が質問している間にも父は手早く準備をして、エプロンの上にさっと上着を羽織って岡持を持って外に出た。憧れの春子さんのために、なるべく料理が冷めないうちに運びたいのだろう。父の兄姉について聞くのはひとまず後にして、私も岡持を持って外に出た。

春子さんのアトリエに着くと、彼女は広い板張りの床のど真ん中で仰向け（あおむ）けに寝ていた。天窓から差し込む光がちょうど細い足の先に落ちて、ペディキュアがきらきら輝いている。ワックスがかけられた床に、赤いワンピースを着た彼女の寝姿が反射して宗教画のような神々しさだ。

春子さんの年齢的に最悪の事態が頭をよぎったが、父が「お邪魔します」と生真面目な調子で言うと、彼女はもぞもぞと体を起こした。

「ありがとう、海彦。あら……松本さんもいる」

「今日は美術館の仕事が休みなので、手伝いです」

「えらいわねえ」

春子さんはそう言って胡座をかくと、寝癖だらけの髪を手櫛でのろのろと整えた。壁際にずらりと並べられた絵は以前見た時からがらりと変わって、白い波打ち際が出現している。混沌とした黒の上に明るい色の絵の具が濃淡をつけて重なることで、深みのあるグラデーションが表現されている。

「綺麗。とても良いですね」

部屋いっぱいに広がった海の風景に圧倒されていると、春子さんが首を横に振った。

「全然よくないの。無くなったのよ」

「何がです?」

そう聞くと、彼女はすっくと立ち上がって、両腕を天井に向かって大きく広げながら「イメージ」と呟いた。

「なんと」

「つい昨日まですごくはっきりと完成形が見えていたのに、今朝になったら途端に、何を描けばいいのか分からなくなったの」

作品を作る時に、一歩も立ち止まらずに進める作家はほとんどいないが、彼女の絵はあと一歩で完成というところまできているように見える。

「うちの看板メニューでも食べて精をつけてください」

父はそう言って、真剣な表情で料理をフローリングの上に並べた。スパゲティにグラタン、サラダ、プリンにクリームソーダと、喫茶店のフードメニューがほぼ全部揃っている。春子さんは皿の前までふらふらと歩いてくると、正座して背筋を伸ばした。

「これ、全部春子さんが食べるんですか？」

そう聞くと、彼女はコクリと頷いて、神聖な儀式のようにゆっくりとフォークを持ち上げた。

「イメージが湧かない時っていうのは、知らず知らずのうちに気分が落ち込んでる時なのよね。で、気分が落ち込んでいる時っていうのは、疲れている時か、ひもじい時なのよ」

「ふうむ」

「そう考えたら、ここ一週間ずうっと絵を描いてて、まともなご飯を食べてないなあって思って、慌てて頼んだってわけ」

「それは大変だ。早く食べてください」

私がそう言うと、父がニース風サラダにドレッシングを回しかけた。茹で卵とツナが普段よりたっぷり乗っかったサラダを春子さんは手にして、あっという間に完食した。合間にコーンクリームスープをお茶のように流し込んでいる。

「いきなりこんな脂っこいもの食べて大丈夫ですか？　おかゆ作ってきましょうか」

「全く胃に何も入れてなかったわけじゃないから大丈夫。でもさすがに食べきれないかもしれないから、一緒にどう？」

春子さんはそう言って、つい、とピザの皿を私たちの方に押し出した。これは冬の新作メニューで、薄焼の生地にしらすと白菜が乗っかった和風ピザである。ここ数年メニュー改変など全く行っていなかった父が珍しくやる気を出して作った料理だが、春子さんは見慣れないから無意識に避けたのだろう。父が明らかにがっかりした顔をしている。

私が「いただきます」と言ってピザを食べ始めると、春子さんはナポリタンに手をつけた。

彼女はくるくるとフォークにスパゲティを巻きつけつつ、壁に並べられた海を見つめた。

「今朝、久しぶりに海浜公園に行ったの。実際の海を見に行けばイメージを取り戻すかと思って……。でも、全然ピンとこなかった」

「春子さんが描こうとしている海とは、全くの別ものですからねえ」

現在の稲毛海岸は、全長三キロの真っ直ぐな人工の土地に砂が敷き詰められている。砂浜はのっぺりとして起伏に乏しく、水平線には常に船影が見え隠れして、視界の左右には湾内の工場やビルが見える。ジョルジュ・ビゴーが描いた『稲毛海岸』とは似ても似つかない。

「ビゴーは日本を追い出されてフランスに戻ってから『稲毛海岸』を描いた。だからあたしも実物を見なくたって、思い出の海を描くべきなのよ」

春子さんはそう言って、大きく開いた口にぐるぐる巻きにしたナポリタンを放り込んだ。

ジョルジュ・ビゴーは明治政府が西洋文化を取り入れるために雇った外国人の一人だった。当初は陸軍士官学校で写生技術を教える講師をしていたが、その職から離れた後も日本に残って、外国人居留地の西洋人向けに出版活動を行っていた。

彼の作品の多くは風俗を描いたイラストや政治的な風刺画で、世間ではそちらの方がはるかに有名だろう。日清露が朝鮮半島を取り合う風刺画は歴史の教科書にも載っている。日本人女性と結婚し子供が生まれ、一時は永住も決意していたが、戦争に突き進む日本の中で外国人の居場所は徐々になくなっていった。日露戦争の前にビゴーはフランスに帰国し、二度と日本には戻らなかった。しかし、彼は帰国後も日本を描き続けた。『稲毛海岸』は写生ではなく、彼が懐かしい稲毛の生活を思い出しながらフランスで描いた絵なのだ。

父はぽかんと口を開けて絵を眺めながら「昔の海岸ですか」と聞いた。

「そうよ。今の海はこんなに綺麗な色してない」

「懐かしいなあ。よく貝や小魚をとりにいったもんだよ。あんまりにも遠浅だから、俯いて貝を探しながらてくてく歩いているうちに、うんと沖の方に出ちゃって焦るんだ」

「そうそう。もう帰れないって、一瞬思うのよね」

春子さんはナポリタンを食べながら穏やかに微笑んだ。それもすっかり平らげると、今度はグラタンに手を伸ばして、伸びるチーズと格闘した。私は和風ピザを片付けて、アトリエをぐるりと歩いて絵を眺めた。すると、春子さんは唐突に「分かった」と呟いて、すっくと立ち上がった。

「この海には、あの人がいないじゃないの……」

春子さんはぶつぶつと呟いて、画材箱の前にしゃがんだ。彼女はそれきり一切の言葉を発することなく、色とりどりの絵の具と共にキャンバスに立ち向かった。

私と父は、極力音を立てずに空き皿を岡持に仕舞ってアトリエを後にした。並んで歩きながら、ほっと息を吐く。

「なんだか分からないけど解決してよかった」

そう言うと、父は物憂げな表情で首を傾げた。

「なに、新作のピザ食べてもらえなかったこと、残念に思ってる?」

「違う。そんなことじゃない。なんだか今日の春子さんは、お前のお母さんが居なくなる前の雰囲気と似ているような気がしたんだ」

「えー? どういうこと。不吉なこと言わないでよ」

「寂しいのに、精一杯強がっている顔というか……」

母が出て行く時にどんな表情をしていたのか私は知らない。本人の気持ちがどうであれ、父にそう見えていたのなら、彼には後悔と未練があるのだろう。なんとなく、父くらいの年齢になれば人生の全てのことに自然と決着がつくものだと思っていたが、全然未消化なまま死ぬ可能性も高いのだな、と父を見て思う。

母がうちにいた頃は、何度か母の実家に遊びに行った記憶がある。そこには母の兄弟やその子供たちが沢山いて、みんな名前もよく分からなかったので、母方の祖父母の家もお店をやっているのかと思っていた。

「そういえばさ、お母さんの実家とも縁が切れてるし、うちって、親戚ゼロだよね」

そう言うと、父は深く頷いた。

「だからお前、結婚しないと俺が死んだ後天涯孤独になるぞ。そんな働き詰めだと若いうちにバタッと倒れるかもしれないから、今のうちに見合いとか」

父がくどくどと鬱陶しいことを語りそうになったので、遮って「お父さんって、お姉さんとかお兄さんとかいないよね」と聞いた。すると父は目を大きく見開いた。

「えっ。俺はずっと一人っ子……だよな？」

「こっちが聞いてるんだけど。私はずっとそうだと思ってたんだけど」

「そうだよ。何を言ってるんだ。ついに俺がぼけたのかと思ったじゃないか」

父は狐につままれたような顔をした。

## 2019年4月

美術館のエレベーターの階数ボタンをよく見ると、数字が抜けている。外部から遮断されたルートを通らなければ入れないフロアに、所蔵作品が整然と詰め込まれている。私たち門番の誰よりも長くここに留まり、黙って出番を待つものたち。黒砂さんを美術館の収蔵庫の前室に案内すると、彼は目を大きく開いて、部屋を見渡した。

「壁が木なんですね。もっと、銀行の金庫みたいなところを想像していました」

「呼吸をする材質の方が、美術作品に優しいんです」

黒砂さんの方から所蔵作品の実物を見たいという連絡があったので、収蔵庫に案内することになった。しばらく映像作品にかかりきりになるものだと思っていたから、意外と早い申し出に驚いた。

　とりあえず橋田さんにリストアップしてもらった、家族関係が主題の作品を見せてみたが、彼は無表情のまま、ふむ、ふむ、と頷くだけで、手応えがなかった。絵よりも倉庫と前室を隔てる木の格子扉に興味を示していて、格子の間に貼られた目の細かい網をじっと見つめている。

「この扉、いいですね」

「残念ながらこの扉は展示できないですよ……」

　そう言うと、黒砂さんは苦笑を浮かべて、すうっと扉から離れた。

「清王朝ゆかりの作品などはありますか？　たとえば、紫禁城(しきん)の宝物とか、中国の伝説を描いたものとか」

「あ、そちらの方向でいきますか」

　前回の打ち合わせであまりにも折檻の話が印象的だったから、家族や暴力についての作品を探そうとしていたが、彼がメインで撮影しているのはあくまでも愛新覚羅溥傑仮寓とその周辺である。祖父との関係は、作品の裏にひそんだ制作の動機だ。表面的に見える主題にはならないのだろう。

「日記によると、古物商の手伝いで稲毛を訪れた祖父は、実際にいくつかの宝物の取り引きに成功したそうです。戦後の混乱の中で随分色々な貴重品が出回っていたんですね」

「紫禁城から流出した宝物が稲毛にもあったんですね」

「本物かどうかは分かりませんけどね。勿論、当時闇で取引されていた宝物など今の僕には探しようもないんですが、稲毛に古くから住んでいる人たちにインタビューを続けているうちに、ある絵の噂を何度か聞いたんです」

黒砂さんはそう言うと、カメラバッグにごそごそと手を突っ込んで、ノートパソコンを取り出した。無数のアイコンが散らばったデスクトップにうろうろとカーソルを彷徨わせて、一つの動画ファイルをクリックすると、モニターに、明るい緑の庭を背後にした老女が映し出された。

老女は海辺の素朴な思い出を語った後、愛新覚羅溥傑仮寓に隠されていたという、ある絵についての話を始めた。曰く、紫禁城で代々伝わる秘密の絵画で、皇帝の一族以外の人間が見ると抹殺されてしまうらしい。映像の中で、黒砂さんが「誰に消されるんですか？」と聞くと、老女はぷぷ、と笑って知らないわよ、子供の噂話だものと言う。

黒砂さんはパソコンの前で背を丸めて、自分で撮った映像を真剣に見つめた。

「僕はこの方のインタビューがなんだか好きで、見てはいけない謎の絵画が気になっているんです」

「あくまでも、子供の噂話なんですよね？」

謎の絵といえば伝兵衛邸の地下室の絵のことが思い浮かんだけれど、まさか紫禁城から持ち出したお宝なんかじゃないだろう。紫禁城にあるのは中華文明の文物ばかりで、他国の芸術作品などほとんど持っていなかったのではないだろうか。しかも、あの絵の女性の生き生きした表情や、厚塗りの鮮やかな色彩は、後期印象派を経た二十世紀の表現に思える。

「そうですね。だから謎の絵の正体を追うのではなく、当時稲毛に住んでいた子供たちが溥傑夫妻とどんな風に関わって、彼らをどんな風に見ていたのかという思い出を作品にしたいと思っているんです。当時はお屋敷の中に中国の珍しい家具や骨董品が沢山置いてあって、遠い国の御伽噺が出現したみたいに刺激的な場所だったらしいです。謎の絵の怪談も、異国のきらびやかな装飾品への畏怖から生まれているんでしょう」

「なるほど、稲毛の思い出……」

「直接祖父とは関係のない話になりそうですが、彼の罪を焦って暴くよりは、目の前の風景を捉えたいと思いました」

　カメラは目の前に出現したものしか撮れない機械だ。風景の中に惹かれたものがあるのなら、それを素直に捉えるのはごく自然のことである。制作の発端が祖父に対する疑惑でも、無理に作品に絡める必要はない。第一祖父の過去の罪といっても、黒砂さんの妄想だという可能性もあるのだ。

「現存する宝物の取材もしたいので、海外にも行く予定です。しかし資料の量が多すぎるので、先にどんな作品とコラボレーションできるのか知っておいて、取材先の目星をつけたいと思ったんです」

「それでご連絡をくれたんですね」

　しかしこの美術館に清王朝と関連する作品があるかどうかは、いきなり聞かれても答えられない。黒砂さんは、学芸員が美術館の所蔵作品の全てを知り尽くしているのかもしれないが、専門分野によって知識の種類が全然違う。私が得意な現代美術の範囲では、そういう作品はなかったと思う。

「今すぐは出せないので、リストを作って後日お送りしますね」

そう言うと、黒砂さんはふわりと微笑んで頭を下げた。今日の微笑みは、どことなく心から笑っているような気がする。

「ところで、玉子さんのインタビューは読まれましたか」

収蔵庫を閉める準備をしていると、彼は柔らかい声でそう聞いた。

「まだ半分くらいです。ちょっと仕事がばたばたしていて」

真砂という名の子供が出てきてから、ページを捲るのが少し躊躇われて、原稿用紙を机の奥底に仕舞ったまま放置している。真砂と名付けられた子供が今ここにいないということがどんな意味を持つのか、知るのが怖かった。私も父も知らないということは、祖母は隠していたということだ。そんな秘密を彼女の意思とは関係のないところでコソコソ読んで良いのか迷う。

「絵といえば、嵯峨浩さんも描いていたんですよね」

「あ、はい。そうですね。残念ながら嵯峨浩の絵は所蔵してないんですけど」

嵯峨浩の絵があれば、黒砂さんが撮ろうとしている内容にお誂え向きだが、彼女は画家として評価される前に嫁いでしまったため、美術史の中には位置付けられていない。絵を売るような立場でもないだろう。

学芸員室に戻って、クッキーとカフェオレでお茶の時間を楽しんでいる橋田さんに「中国の王朝に関連する所蔵作品とかないですか」と聞いてみた。

「なくはないけど……なんで？」

「『NEW OCEAN』の黒砂さんが、紫禁城の宝物について調べているそうです」

「彼……そんなテーマで進んでたんだっけ」

「そういうことになりました」

「はあ、なかなか壮大だねえ。制作期間足りる？」

橋田さんは小馬鹿にした調子で言った。若造が手を出すのは生意気だと言いたげである。

「紫禁城の宝物を取材するために、中国にも行くそうです」

私がそう付け加えると、彼は首を傾げた。

「台湾じゃなくて？　今の紫禁城にはろくなものが残ってない。王朝時代の宝物が見たいなら台湾の故宮博物院だろう」

「そうなんですか」

思わず素直に反応してしまうと、橋田さんはこれ以上ないというほど目をまんまるにして、長々と宝物の歴史について説明した。

「紫禁城が収集していた文物は、辛亥（しんがい）革命の後に蒋介石（しょうかいせき）率いる国民党軍が掌握した。それまではろくに目録も作られておらず、宦官（かんがん）がこっそり持ち出したり、溥儀が生活費欲しさに売ったり、めちゃくちゃだったらしいが、蒋介石は文化財の管理ができる職員を集めて、博物館のような形にした。やがて日本に攻め込まれると、戦火を避けるために宝物を南京（ナンキン）に避難させた。そして日本との戦争が終わると、今度は国民党軍と共産党軍の内戦が勃発したから、最終的に台湾に移送した。だから今も台湾にその多くがある」

「自分が滅ぼした王朝の宝物を、随分大事に守るんですね。戦争の資金源にするためだったんでしょうか」

「管理も移送も多大な労力を費やしているから、単なる金目当てとは考えにくい。皇帝の一族が独占していた宝物を広く人民に公開することは、革命政府として意義のあることだったんじゃないかな……。蔣介石が文化の継承の重要性をどこまで理解していたのか不明だが、宝物は、人間よりも安全に戦乱の中を逃げのびた。そのおかげで、書物や芸術品がことごとく破壊された文化大革命からも逃れた」

崩壊した王朝の城の中で宝物を保護した人たちは、私たちと同じ職能の人間だったのだろう。そして現在の台湾において、自国の独立を脅かそうとしている大国の宝物を守っているのも同じ学芸員だ。文化財を守る人間は大きな歴史のうねりに脅かされながら、政治から一歩離れた所で仕事をする。

ぼんやりとそんなことを考えていると、橋田さんは「ふん」と笑った。

「僕たちは物言わぬ亡霊たちが住まう、巨大な迷宮の番人だ。若い作家の思いつきに付き合うのも結構だが、古い作品のこともきちんと勉強したまえ」

橋田さんはそう言って、ふせんに幾人かの作家名を書いて寄越（よこ）した。あとは自分で調べろということだろう。

「有意義なお話ありがとうございました。ぜひ、若い作家さんにもレクチャーお願いいたします」

頭を下げると、橋田さんは片眉を上げて「いつでもどうぞ」と澄ました調子で言った。

橋田さんの言うことはもっともだが、生者と亡霊は別ものではない。若く未熟なままの人など居らず、黒砂さんもいずれ橋田さんの愛する静かな迷宮の一員となる。

‡‡‡

1937年7月

浩さんの家の窓は、四隅を白く濁らせた磨り硝子加工が施されている。夏なのに窓は結露したように見えて、いつまでも冷たい冬の世界にいるみたいだ。

私が婚礼写真の背景として借りた場所に、まさか彼女が住むことになるとは思わなかった。たまに訪れて眺めるだけなら綺麗だけれど、住むにはなんとなく寒々しいと思う。

春に満州国皇帝の弟との結婚パレードが盛大に行われて、彼女たちは稲毛海岸のお屋敷で新婚生活を送ることになった。すぐに遠い知らない異国の地に行くものだと思っていたから、近くに彼女がやってきて、私は少々浮き立っていた。

お屋敷は伝統的な木造建築だが、あちらの生活に早く慣れるように、テーブルや椅子を置いて中華風の室礼にしている。小さな円卓やベッドが置かれた寝室の一角には、浩さんの背丈と同じくらいの大きなキャンバスが立てかけられている。画面は白とクリーム色でざっくり塗り分けられているだけだが、私はすぐに稲毛海岸の砂浜だと分かった。

「絵を続けていたんですね」

私がそう言うと、浩さんが眉根を寄せた。

「でも、やっぱりあまり時間がなくて、うまく進まないんです」

「旦那さんに文句言われてない？」

「日中家にいませんし、割合、好きなようにはさせてくれてます」

彼女の夫は千葉の陸軍学校で勉強していて、日中は基本的に学校に行っているらしい。どうして満州国の皇帝の弟が日本の陸軍で下働きをしているのか分からないが、浩さん曰く日本の軍人さんはとてもお偉いんだそうだ。

浩さんは家事に加えて、婦人雑誌の取材や学生たちの訪問を受けたり、近所の人々を招いてお茶会をしたりと、かなり忙しい。しかも懐妊して無理はできない体になったので、遠出もできないと愚痴をこぼす。浩さんのつらつらした近況報告をぽん太姐さんは退屈そうな顔で聞き流し、ふと私の背を覗き込んで「真砂がお庭を見ているわ」と言って笑った。

真砂はほとんど泣かないので、背に負ったまま色々なところに出かけられる。夫に似た大きなきらきらした目は時折妙に大人びて、無表情で遠くを見つめていると、哲学者めいた雰囲気が漂う。芸者の姐さんたちにはよく「賢そう」と褒められるが、生まれて間もないからそんな風に見えるだけだろう。

それまで私と一体となっていたものが、一つの独立した肉体として目の前に現れた瞬間、私は不思議な気持ちになった。子供が私のものではなく、天のものになったような気がしたのだ。信仰心など持ち合わせていないのに、恐れ多くて最初は抱くのも躊躇した。

生まれ落ちて日が経つにつれ、真っ黒な目は私の顔や食べ物、動物なんかをはっきりと映し出すようになって、地上の世界に馴染みつつある。恐らく言葉を覚えて友達ができたら、あっという間に普通の子供になるだろう。早くそうなってほしいと思う。

今、真砂の眼球には花の影が映し出されている。庭には色とりどりの花が咲き、鳥が訪れ、西を見れば海中に立つ浅間神社の一の鳥居が見える。海中鳥居の姿が珍しいのか、庭の西側に学生の男子が五人ほど集まって、海の方を指さして何かを語り合っている。風にのって聞こえてくる言葉は、どうも日本語ではなさそうだ。

「留学生?」

そう呟くと、浩さんが頷いた。

「上海(シャンハイ)あたりで激しい抗日運動が起こっているから、日本にいる留学生が肩身の狭い思いをしているみたいなんです。街で遊んでると、ちょっとしたことで特高に引っ張られそうになるんですって。だからうちで遊んでるの」

「物騒ねえ。満州に行くのは、子供が生まれて少し落ち着いてからになるのかしら？」

そう聞くと、浩さんは首を傾げた。

「こればかりは軍部の予定があるし、私に合わせていられないようだわ。あちらで産むことになりそう」

浩さんはそう言うと、磁器にお茶を入れた。これも満州からの贈り物なのか、嗅いだことない不思議な花の香りがした。

「昔読んだ絵本に故宮らしきお城が出てきたんですけど、とてつもなく広くて、部屋が何百とあるんですって。召使いが何千人も住んでいるの。日本の皇族の御所よりもうんと大きくて、ちょっとした街みたいなんじゃないかしら。でもね、その中に権力者と取り巻きが沢山住んでいるわけだから、色々な争いがあって血みどろらしいです」

浩さんは茶器を私とぽん太姐さんに渡しつつ、庭の留学生たちに聞こえないようにひそひそ語った。

「人間が集まったら大概そうなるわねえ」

ぽん太姐さんがお茶を優雅に啜りつつそう言うと、浩さんはにやりと笑った。

「その絵本には、さらに面白いことが書いてありました。王妃が亡くなると、その部屋は封印されて誰も入れなくなるから、歴代王妃の人数分だけ開かずの間が並んでいるんですって」

「勿体無いじゃない。どうして使えなくなるのかしら……」

ぽん太姐さんは首を傾げた。

「何故死んだ王妃の部屋に入ってはいけないのか、誰も知りませんでした。そうなると、一度入ってみたくなるのが人情です。ある時、好奇心の強い女官が、王妃が亡くなった数日後に封印を解いて、中に入ってみました。すると、誰もいないはずなのに部屋に明かりが灯（とも）っていたんですって。不思議に思ってコソコソ探検していると、いつの間にか部屋の真ん中に死んだはずの王妃が立って、嫣然と微笑んでいました。王妃は真っ赤な晴れ着を着て、金色の髪飾りをつけて、輝くばかりだったそうです。女官は、これはこの世ならざるものだと思って、慌てて逃げようとしましたが、王妃に捕まってしまいました……」

　ぽん太姐さんは眉間に皺を寄せて、いやな虫を見たような顔をしている。

「それでどうなったの？」

「覚えてません。絵の先生の家で、一度パラパラ読ませてもらっただけだから……。当時は、あちらにお嫁に行くなんて思いもしなかったし」

　浩さんがそう言って肩をすくめると、ぽん太姐さんは青ざめた顔で「本当の話なのかしら」と言った。浩さんはくすくす笑って首を横に振った。

「御伽噺ですよ。私が読んだのは、フランス人画家が描いた絵本でした。世界中を旅している人で、どこかで聞き齧（かじ）った怪談を絵物語にしたんでしょう」

「そんな気持ち悪い話、夜伽（よとぎ）のお供にならないわよ。作り話だとしても、そんなお城、絶対住みたくない」

　ぽん太姐さんはぶるぶる震えながらそう言った。生きた男女の血みどろのいざこざには慣れているが、お化けの類には耐性がなかったらしい。

「もうみんな皇帝一族としての資格は剥奪（はくだつ）されたから、古いお城には住みたくても住めません。私たちも、満州国の新しい家があてがわれるんじゃないかしら」

浩さんがそう言うと、ぽん太姐さんは我がことのようにほっとため息を吐いて「それなら、よかったわね」と言った。

「面白そうだから、古いお城の中でも暮らしてみたかったですけど……」

浩さんが残念そうに言うと、ぽん太姐さんが信じられないものを見る目をした。

「あなた結構、豪胆なのねえ」

ぽん太姐さんは、瞳にゆらりと炎を宿してそう言った。彼女は今まで浩さんを可愛らしいお嬢様としか思っていなかったふしがあるが、どうやら今の話で一気に気に入ったらしい。何が琴線に触れるか分からないものだ。

「そんなに強い心を持っているなら、どこに行ってもやっていけるわね。困難な状況でも、あなたはきっと他人を助けられるの。辛（つら）い時でも、楽しみや喜びを見出（みいだ）せるのよ。業火に焼かれた真っ赤な岩の上も、その足で軽々と歩いていけるんだわ。きっとね……」

ぽん太姐さんは唇に薄らと微笑みを浮かべて、ぼうっとした表情でぽつぽつと語った。浩さんの人柄を賛美している言葉なのに、何故だか語られる情景は妙に荒々しく、私は不安な気持ちになった。

そんなおしゃべりをした数日後に盧溝橋で日本軍と中国国民党軍が衝突した。どちらが先に仕掛けたとか、陰謀だとか、色々な話が錯綜していたけど、とにかく後戻りのできない戦闘が始まったということだ。浩さんはひどく落胆していた。彼女の夫は、満州国皇帝の弟として、日本の軍人として、母国と戦争をしなくてはいけない立場になったのだ。かつて自分の国民だった人たちを殺すことになる。

一方、蓮池の夜はさらに賑やかになっていった。軍需景気で羽振りが良くなった企業のお偉いさんや、将校さんたちが毎晩のように見世に訪れた。しばらくすると、人殺しを真似したお座敷芸が流行りだした。蓮池の軍人さんたちの気持ちを鼓舞するために、芸者の姐さんたちが酒瓶を鉄砲に見立てた踊りを編み出したらしい。芸者衆が勇ましく膝立ちになって、凛々しい表情で酒瓶を担ぎ、故郷を守るために奮闘する若い兵士の歌を歌う。それは将校さんたちに大層評判で、どこかのお座敷の笑い声と合唱の声が夜風に乗って聞こえてくるほどだった。

人を殺すことをみんなどれほど明瞭に想像しているのだろう。私はいつも、芸者衆の白い頸に剃刀を押し当てる瞬間、二つのことを考える。一つはどんな風に仕上げたらいいだろうかということと、もう一つは、もし今この剃刀を持つ手に強い力を込めたらどうなるだろう、ということ。

他人の体に触れる職業の人間は、仕事をする時はお客の人格を綺麗さっぱり忘れて、ただの表皮と肉と向き合う。子供の頃に居候させてもらっていた病院の先生は女にだらしないところがあったが、仕事の時だけは透徹した目付きをしていた。姐さんたちも診察の時はすんなりと身を横たえた。私に秘密を持つ人や、敵意を持つ人さえも、私に髪を結わせる瞬間だけは、全幅の信頼をもって、人体で最も重要な部分を私に預けてしまう。それ故に、すぐに絶える儚い命が横たわっていることを、ひりひりと感じながら仕事をする。

「変なことを考えてない？」

ぽん太姐さんがそう言って、鏡越しに私の顔をじっと見た。彼女はいつも他人のことなんか何も知らないという風に生きているが、時々こちらの心の中をそっと覗き込むまねをする。

「浩さん、どうなるのかしらと思って。来月満州に行っちゃうのよね。すぐそこで戦争しているっていうのに、大丈夫なのかしら」

そう言うと、ぽん太姐さんはぽかんとした顔をして「大丈夫だから行くんじゃないの？」と首を傾げた。

「日本から嫁いだお姫様よ……。一番安全なところで、暮らせるに決まってるでしょう」

「でも彼女、とても不安がってるのよね」

「ふうん。考えすぎよ、きっと」

ぽん太姐さんにとっては、浩さんの立場は遠すぎてほとんど具体的な想像が及ばないらしい。お座敷で将校さんの相手をしているので、私より軍のことには詳しいはずだが、軍人の言葉を聞いたまま記憶しているだけだ。彼女は違う立場の人たちについて、あれこれ思いを巡らせたりなどしない。自分が体験したことだけを、語って、考える。その態度は賢く美しいが、冷たく無責任にも思える。

「でも、残念ね。もっと遊びたかった」

ぽん太姐さんはそう言って、長いため息を吐いた。鏡の中の彼女の表情は、心から切なそうに見える。それは本物の感情で、彼女は彼女なりに、浩さんを深く慕っているのだ。

‡‡‡

2019年5月

『浩さんが稲毛に住んでいたのは結局ほんの数ヶ月で、その年の秋には満州に行ったのよね。手紙を書くって言われたけど、色々と忙しかったのか、それとも書けないことがあったのか、一度も送られてこなかったわ。それでも、元気でいるのは分かったから、それで十分だった。浩さんの語った故宮の御伽噺はね、なんだかすごく印象に残って、文雄に頼んで絵本を探してもらったのよ。あの人、そういうのに詳しいから。だいぶ昔……日露戦争が始まるよりさらに前に、外国人居留地で出版されたものらしかった。東京の本屋で文雄が見かけたって言ってたけど、高くて買えなかった。作者の名前？　それはさすがに忘れたわ』

清王朝に関連する所蔵作品のリストを受け取って、黒砂さんは中国と台湾を巡る取材旅行に発(た)った。春子さんは集中して制作を続けているようだし、正勝さんは別の仕事に忙しそうで、私だけがぽっかり暇になったので、祖母のインタビュー原稿を恐る恐る読み進めた。すると、真砂よりもさらに気になるものがいくつか出てきて、嵯峨浩の資料をひっくり返す。

歴史資料を見た限りでは、嵯峨浩は結婚と同時に絵を完全にやめたことになっている。最後に描いたのは妹の肖像画で、結婚直前に岡田三郎助が主催する団体の展覧会に出品している。

嵯峨浩の寝室に置かれていた、海岸の絵は完成しなかったのだろうか。それとも廃棄されてしまったのだろうか。身の丈ほどのある大きなキャンバスと聞くと、やはり伝兵衛邸の地下の絵が思い浮かんだけれど、画題が全く違う。海の絵はどこに消えたのだろう。

浩が語った、紫禁城の開かずの間の御伽噺も気になった。どうも既視感があって、橋田さんのリストを見直すと『ジョセフ・ボワイヨ』という作家の絵本がそんな内容らしい。

早速収蔵庫に入って、明治時代に出版されたボワイヨの絵本を取り出した。ボワイヨもジョルジュ・ビゴーと同時期に日本で活躍していた挿絵画家である。この絵本はジョルジュ・ビゴー展の時に関連作品として展示するために古本屋から買って、そのまま所蔵品にしたものだ。

ビゴーやボワイヨの作品は、長らく西洋絵画の文脈では語られてこなかった。大衆向けの漫画や挿絵を描いていたことに加えて、祖国フランスを離れて長年日本に居住していたことから、どちらの国の文脈に位置付けていいのか判断しにくかったらしい。

日本で数十年前にジョルジュ・ビゴーの絵が再評価されたことをきっかけに、ボワイヨの存在も美術館で紹介されることになった。しかし彼の原画は全て失われているし、ビゴーほどの知名度もないので、彼一人にスポットライトが当たることはない。彼もビゴーと同じように油画も描いていたかもしれないが、残念ながら世界のどこにも残っていない。

絵本はフランス語なので文章はきちんと読めていないが、細密な描写のイラストを見るだけでも筋書きは伝わってくる。浩が語ったように、中華風の豪奢なお城の中で、不安そうな表情の女官と、あやしげな美しい王妃の物語が繰り広げられている。

ボワイヨの描く女性はほっそりした体つきが艶かしくて、衣装やお城の描写が細かくて、怖いというよりは耽美的な本だ。王妃の亡霊につかまった女官は、最後は星降る砂漠に放り出されてしまったらしい。絵本は漆黒の夜空と、純白の砂漠に塗り分けられた静謐な絵で締めくくられる。

2019年10月

愛新覚羅溥傑仮寓には、大ぶりな白い花を咲かせる白雲木という木が生えている。かつては宮中にしか植えることが許されなかった禁廷木で、浩の結婚祝いに当時の皇后から特別に贈られたものだ。嵯峨家は皇族と近縁の公家だった。関東軍が満州国皇帝の弟に浩を嫁がせたのには、中国大陸になるべく皇室に近い血を送り込もうという魂胆があったからだとされている。当初は皇族を嫁候補にしようとしていたが、皇室典範に反するから諦めざるを得なかった。

満州国皇帝の妻、婉容は満州国建国の時点で既に阿片中毒になっており、皇帝夫妻は子孫を残す可能性が低いと見られていた。浩が皇帝溥儀と会食した時、溥儀は毒殺を恐れて溥傑に先に食べさせていたという。仮に満州国が永らえれば浩の子供が皇帝になる未来もあったのかもしれないが、そんな夢物語を思い描くのが困難なほど、儚い運命が定められた国だった。

溥傑と浩が結婚してすぐに盧溝橋事件が起きて、日中関係に強い緊張が走った。白雲木は当初満州に植えられる予定だったが、不安定な情勢を鑑みて日本国内にとどめ置かれたのだろう。そうそう枯らすことのできない高貴な木は浩の実家で大切に育てられて、その子孫の苗木が後に愛新覚羅溥傑仮寓に移植された。

縁側に立って庭の西側を見ると、『使用禁止』の札がかけられた小さな橋の先に、白い花を咲かせた低木が植えられている。その傍らに三脚を立てて、黒砂さんがあれこれ角度を変えながら木を撮影している。彼は稲毛に古くから住む人たちに多くのインタビューを行い、旧満州国取材も終え、今は仕上げに風景素材を撮り集めている最中だ。

浜中さんが温かいほうじ茶を私の横に置きつつ、「お仕事は順調ですか」と言った。

「黒砂さんが元気に撮影してらっしゃるので、ばっちり、順調です。多分」

「朝からあのあたりに居られますね」

「白雲木を撮っているんでしょうかね。何やら神々しい木ですね」

そう言うと、浜中さんは怪訝そうな顔で黒砂さんの方をじっと見て「あれは椿です」と申し訳なさそうに言った。

「あら？」

「白雲木は玄関の裏に生えています。花が咲くのは五月のほんの数日間だけなんですよ」

「そうでしたか、植物にはとんと疎くて……」

花鳥画を多数収蔵する美術館の学芸員なのに、モチーフとして頻出する椿を間違えるとは決まりが悪い。私の心中を察したのか、浜中さんは静かに立ち去った。やがて黒砂さんが撮影を終えて、三脚を担ぎ使用禁止の橋をひょいっと飛び越えて戻ってきた。

「取材旅行はどうでしたか」

そう聞くと、彼は縁側の横で三脚を小さく畳みつつ、首を斜めに傾けた。

「満州国や紫禁城の宝物について解説できる十分な絵は撮れたと思います。でも……使うかどうかは分かりません」

「えっ、そうなんですか」

「色々と他に気になることが増えて、作品の方向性が変わるかもしれません」

「気になること？」

「以前、この屋敷に隠されていたという、見てはいけない絵の話をしましたね」

「はい……」

「噂話についての聞き取りを続けていたら、あの話に色々な変形パターンがあることが判明したんですよ」

黒砂さんはそう言うと、縁側に置いたカメラバッグの中に手を突っ込んで大学ノートを取り出した。それは彼の祖父の日記ではなく、真新しい表紙に『稲毛取材記録』と書いてある。黒砂さんはノートを開いて、大小様々な大きさの単語が矢印で繋がっているページを見せた。『溥傑』『浩』『紫禁城』などの単語の他に、『山内さん』『小村さん』『水野さん』と、彼がインタビューをした人々の名前らしきものが書かれている。矢印の間には解説らしき文章が書き込まれているが、右上がりの字に癖がありすぎて全く読めない。

「見てはいけない秘密の絵があるのは、このお屋敷だけじゃなかったんです。市内の古い豪邸や銀行、神社、学校など、色々な場所で噂されていました。まるで、絵が移動しているみたいに。とっくに溥傑と浩が稲毛を離れて、戦争が終わったあともしばらくあやしげな絵の噂話は続いているんです」

「お話が変形して、都市伝説化したんですかね」

稲毛の都市伝説もそれなりに興味深いが、それを追求していったら、愛新覚羅溥傑仮寓と離れすぎてしまう気がする。それに正体のない噂話は、実体がなくて映像にしにくそうだ。

折角海外まで取材に行ったのだから、怪談の行方を追うのはやめて、このお屋敷の思い出を深掘りする案のまま進めてほしい。しかし黒砂さんはすっかり恐ろしい絵の方に気を取られているようだ。

「その絵には、赤い服を着た女が描かれているらしいんです。絵を見ていると、絵の中からぬうっと女が出てきて、見た者の体をずたずたに引き裂いて真っ赤にする」

黒砂さんはそう言って、両手をふわりと広げて見せた。白い手のひらの間の虚空に、明るく鮮やかな血が広がるような気がした。見た人間は八つ裂きにされてしまうのに、何故絵の内容が伝わっているのかという矛盾が無視された、子供らしい噂話だ。

父が語っていた、お屋敷に子供を引き摺り込む女の怪談を思い出す。絵画というモチーフは出てこなかったが、結末が似ている。見てはいけない絵の話がさらに変形して、元の話とはほとんど関係ない、恐ろしい女の血みどろの話になってしまったのだろうか。

「血のイメージに、惹かれていますか」

そう聞くと、彼は一瞬虚をつかれたような顔をしてから、ぎこちなく頷いた。赤は支配的な色だ、と私に語ったのは誰だっただろう。

「どうしても祖父の血まみれの着物のことが頭を過って、似たものを追いかけたくなるのかもしれません」

「あの……もしよければ、お祖父様の日記を少し読ませていただいてもいいですか？」

私がそう言うと、黒砂さんはやや迷った末に、古いノートをカメラバッグから引っ張り出した。このノートを彼はもう何十回も読んでいるだろうけど、いつも大事そうにバッグの奥底に入れている。自分に苦しみを与えた人の肉筆を肌身離さず持ちながら生きるのは、どんな気持ちなのだろう。

「このあたりが、稲毛に滞在している時の日記です」

彼はノートの真ん中あたりのページを開いてみせた。彼の祖父が稲毛に滞在していたのは終戦の翌春頃。稲毛の旅館に滞在して、古物商の買い付けの手伝いをしている。仕事の後に、街の様子を見に行ったりもしているが、誰とも交流はしていない。後ろ暗い仕事だからか、顔を隠して人目につかないように注意している。感情的な記述はほとんどなく、淡々と仕事をこなしているように見える。しかし日記の最後は必ず「目的は果たせず」と書いてある。そして、稲毛滞在の最終日は「もうやるべきことはない。二度とここには来ない」という強い言葉で締めくくっている。

「確かに……仕事以外の何かがほのめかされているけど、さっぱり分からないですね」

そう言うと、黒砂さんは無表情で頷いた。彼は他にも何か情報を持っているような気がするのだが、何から聞けばいいのか分からない。

「この日記、面白い気配はあるんですけど、いまいち具体的な情報がなくて、映像制作の役には立たない気がするんですよね」

「確かに、祖父が見ていた過去を探ることに、難しさは感じています」

「いったんお祖父様のことは忘れてみませんか。もう……このノート、私が預かっちゃいましょうか」

そう言うと、彼はぱちぱちと瞬きをして、ノートを急いでカメラバッグの奥底に再びしまった。つい、でしゃばりすぎたかもしれない。彼はカメラバッグを担いで「また考えます」と言って、去ってしまった。

# 2020年1月

結局、黒砂さんの映像作品の方向性は定まらず、コラボレーション作品も決まらないまま年が明けた。正月休みが終わってそろそろ広報物を制作しようと思って連絡すると、しぶしぶといった調子で制作途中の映像を送ってくれた。まだ作品が完成していなくとも、ポスターやチラシに画像を載せる必要があるのだ。

正勝さんのインスタレーションは当日にならないと仕上がらない類のものなので、過去の展示画像を使う。春子さんが送ってきたのも過去の作品だった。春子さんはこの前スランプから脱したはずだが、あの巨大な絵画は一枚も完成していないらしい。

一抹(いちまつ)の不安を感じたが、ここはじっと信じて待つしかない。ひとまず広報物の制作に集中することにして、黒砂さんの未完成の映像を鑑賞した。

最初は現在の稲毛の風景から始まり、古くからそこに住んでいた人たちのインタビューを交えて、溥傑と浩の結婚について語られる。個性豊かなお年寄りが何人も登場して、過去の海辺の暮らしを語るシーンはいい雰囲気だ。転調して、黒砂さんが中国に赴いて撮影した長春(ちょうしゅん)の映像や、紫禁城の宝物の取材映像などを織り交ぜながら、満州国の歴史と愛新覚羅一族の末路について語られる。

風景の映像とインタビュー映像と資料映像が交互に映し出されて、やがて物語は紫禁城から持ち出された宝物に移り、稲毛のお年寄りのインタビューの内容は見てはいけない絵の噂に集約していく。浩と溥傑が立ち去った後も見てはいけない絵の噂は流れ続けて、あの家を離れて話は変形し、絵は街の色々な場所に現れるようになった……。

映像はそこで終わって、ラストシーンはまだ出来上がっていなかった。これからさらに撮影して組み替えるのか、それとも謎の絵の話でどうにかラストに持っていくのか、さっぱり想像できなかった。黒砂さんに電話をかけて「どうなるんですかこれ」と聞くと、彼はふわふわした声で「何もかも、未定です」と囁いた。

不安が手のひらいっぱいくらいに大きくなったが、さすがに映像編集は手伝えない。コラボレーション作品についても、映像が出来上がらないと決められないという。

## 2020年3月

やきもきしているうちに、全く違う種類の不安が全世界に広がった。新型コロナウイルスの流行である。コンサートやイベントは軒並み中止に追い込まれて、三月に入ると千葉市美術館も休館してしまった。美術館はがらんと静かになったが、学芸員はプレスリリースを書き換えたり、外部業者にスケジュール変更の連絡をしたりなど、普段よりも忙しい。

『NEW OCEAN』の会期はまだ先なので、そのままのスケジュールで準備が進められることになった。春子さんのアトリエに様子を見に行きたかったが、高齢なので部屋の中に入るのは自粛しろと美術館側から言われてしまった。黒砂さんも編集に集中しているから余計な連絡をしにくい。コラボレーション作品についての返事はまだもらっていないままだ。

一方、正勝さんはイベントやフラワーアレンジメント教室が軒並み中止になって暇を持て余し、美術館に通って早めに準備を進めてくれている。物流が不安定になったせいで、彼のインスタレーションに使う膨大な植物や造作物の材料の入手も難しくなっているから、先手を打って動きたいようだ。

「もうさ……俺なんか、この世の中にいらないんだって思うよ。俺の職業なんてこの世になくても誰も飢えないし、苦しまないし、何かが壊れたりしない。むしろ俺は日々草花を切り刻んで破壊している……死神だ」

ビニールカーテンがぶら下がったサンバイザーとマスクで完全防備の正勝さんは、静まり返った美術館のロビーで、ちびちびと缶コーヒーを啜りながらそう言った。

「そんなこと言わないでくださいよ。一過性の出来事ですって、こんなの」

「どうかなあ。この企画展も、開催したところでお客さんが来てくれるか分からないし」

「まあ、集客は保証できないですけど」

正勝さんはぐったりと項垂れた。この事態になって様々な表現者の発表の場が奪われている。特に売れっ子だった人ほど失ったものは大きいから弱っている。

「もう俺はこの世界で生きていても仕方がないんだ……。ほら、死神仲間がお迎えに来た」

正勝さんがそう言って、エントランスの硝子ドアを指さした。ゴーストタウンのように静まり返った表通りを背景にして、ひょろ長い黒ずくめの男が立っている。黒砂さんは硝子越しに手をひらひらと振った。

「どうしたんですか」

スイッチの切れた自動ドアをぐい、と開けて黒砂さんを中に入れると、彼はマスクの向こう側でぼそぼそと何かを言った。ただでさえ小さい声が、一メートルの距離も届かなくなっている。

彼はカメラバッグから千葉日報の封筒を出して、私にさっと渡した。分厚く膨らんだ封筒は、なんとなく湿っている。

「もしかして、またインタビュー原稿ですか?」

「編集部のみんなが暇すぎて大掃除をしていたら、玉子さんの話の続きを発見したんです」

黒砂さんが所属している千葉日報の文化部は、普段は地域のイベントや展覧会を取材しているので、今は心底やることがないという。それなら仕事を休んで制作に専念してほしいが、彼にも生活がある。美術館が支払う報酬は、とてもじゃないが彼の生活をすっかり支えるような額ではない。

「ありがとうございます。あの、映像はどんな感じですか」

「今……仕上げてます」

黒砂さんはふいっと目を逸らしてそう言うと、正勝さんに小さく会釈をして外に出ていった。祖母のインタビューは気になったが、今は展覧会で頭がいっぱいで落ち着かない。分厚い封筒はデスクの片隅に突っ込んで、私は仕事に集中した。

2020年5月

搬入初日は、まず黒砂さんの展示室を真っ暗にする作業から始めた。黒砂さんは映像作品を大きな壁一面に投影するだけなので、展示室をしっかり遮光すればほとんど完成だ。施工業者と一緒に暗幕を垂らしていると、いつの間にか黒砂さんがやって来ていて、展示室の片隅に小さくしゃがみこんでパソコンを睨んでいた。今日は完成した映像のデータを預かってプロジェクターにセットし、それを上映しながら、一緒に展示する所蔵作品を決める予定だ。

普段はこんなに直前まで展示作品が決まらないということはないのだが、ぶうぶう文句を言う橋田さんを無理やり押さえ込んでいる。

「おはようございます！　よろしくお願いします」

元気よく挨拶をしながら近づくと、彼は顔を上げて、眉根を寄せてじっと私を見つめた。

「ちょっと、編集しなおそうかと思っています」

「えっ。今からですか」

黒砂さんはぺこりと頭を下げて、編集画面を見つめた。驚きの事態だが、できなかったことを責めても仕方がなく、急かしたところでどうにもならない。

「映像は最悪前日にあればいいんですが、展示室に飾る作品はいい加減決めないといけないんです」

そう言うと、黒砂さんはぼんやりとした顔つきで「そうですよね」と呟いた。明らかに頭の中からすっぽり抜けていた様子だ。

「色々、こちらで用意してみたんですけど」

ボワイヨの絵本から、中国の山水画のモチーフが使われた日本画まで、橋田さんのリストにあった作品は全部引っ張り出してみたのだが、彼は表情を変えなかった。今は自分の作りかけの映像のことで頭がいっぱいで、それ以外の何も脳みそに入っていく気配がない。

「できれば今日にも答えを出していただきたいんですが」

「明日になるかもしれません、いや……明後日かも」

「分かりました。とりあえず、私は今から春子さんの部屋の様子を見てきます」

そう言うと、黒砂さんは締め切りに追われているとは思えないような穏やかな微笑みを浮かべて、ゆらゆらと手を振った。今はもう、現実とは違う、映像の御伽噺の世界に没入しているのだろう。

春子さんの展示プランは当初から変わっておらず、施工は順調に進んでいた。同サイズの巨大な絵を部屋にぴっちり並べるために、展示業者が水平器や測量機を駆使してきぱきと正確な位置に絵をかけていく。春子さんは展示室の真ん中に立って、その様子をじっと見つめている。

　彼女のアトリエで途中経過を何度も見ていたが、真っ白な展示室で見ると色彩の美しさが際立つ。様々な色を秘めた淡い水色の波は、今にも画面からこぼれ落ちて床に滴りそうだ。ほんの数ミリの絵の具の層に、風も水も砂も、その下で蠢く生き物の気配も、全部閉じ込められている。

　十六枚のキャンバスの中にたった一つだけ、人の姿が描き込まれている絵があり、後ろ姿の女が水平線を見つめている。細いうなじや手は砂浜よりも白くて、着物も淡い桜色で儚げだ。春子さんと一緒に海を散歩した、芸者清乃の姿なのだろう。私と父が食べ物を届けに行った時は、まだ人影は描かれていなかった。もしかすると、清乃の姿を描くことでスランプから脱したのかもしれない。

　明るくて美しい絵なのに、見つめていたらなんだか寂しくなる。楽しい散歩の時間は呆気なく終わる。綺麗な砂は手にとってもさらさら落ちるだけで、人の生活を救ってはくれない。刻々と夜の時間は近づいていく。遠浅の海は、陸から見れば永遠に続くように見えるけれど、中に入れば気づかぬうちに深くなる。

「すごくいいですねえ」

　私がほっとため息を吐くと、春子さんが腕を組んで「ううん」と唸った。

「どうかしました?」

「なんだか、やっぱり物足りないかも」

彼女はそう言いながら、落ち着きなく展示室をぐるぐる歩き回った。その間にも施工業者はてきぱきと絵の位置を調整して、視界いっぱいに広がる、ひと続きの海の風景が完成した。あとは展示室の真ん中に設置した小さな壁にジョルジュ・ビゴーの『稲毛海岸』と解説パネルをかけて、照明を調整したらこの展示室は完成のはずである。

「あのさ、アトリエから絵の具持ってきて描き足していい？」

「えっ、今からですか？」

「どうせまだ客はいないからいいでしょ」

春子さんはそう言って、展示室の床に放り出してあったハンドバッグを拾った。

「描き足すって、一体何をですか」

「ちょっとだけだから。オープンまでには終わるからさ。再来週だっけ」

「来週です！」

そう叫ぶと、春子さんはにっこり笑って颯爽と展示室を出ていった。啞然とする私に、施工業者の人が淡々と「床にビニールシート敷いておきましょうか」と言った。

気を取り直して、今度は正勝さんの展示室に向かった。正勝さんは普段から付き合いのある植物専門の運送業者を使うと言っていたので、美術館からは運送業者を手配していない。

浜口陽三の版画を指示通りの壁に並べて待っていると、やがて正勝さんとアシスタントが植木や花の枝を運んできた。アシスタントたちは図面を見ながら黙々と硝子ケースや植木を配置していたが、一時間ほど経つと手が止まって、ひそひそと何かを話し合っている。

「あの、何か問題でも？」

そっと話しかけてみると、正勝さんがどんよりした顔でゆっくりとこちらを向いた。

「大事な花がこない。中国の港で足止めを食らっているらしい」

「それは大変」

「やっぱり、俺の仕事なんてこの世界に必要ないんだ……」

正勝さんはさめざめと泣いて、未来人のようなフェイスシールドを曇らせた。


結局、誰一人完成の道は見えないまま、設営初日は早めに撤収となった。私は一人学芸員室に戻って、正勝さんの助けになりそうな業者を探したが、なかなか連絡がつかない。緊急事態宣言がまだ明けないので、多くの会社が短縮営業か休業になっている。

やがて窓の外の日が落ちて、学芸員室に月明かりが入り込んだ。大半の学芸員はリモートワークで出勤しておらず、橋田さんやサポートの若手は定時で帰った。街のネオンサインが半分以上消えているから、いつもよりはっきりと月の青い色彩が感じられる。車の音も聞こえない。誰も声を発することなく、みんな息を潜めて隠れている。

「まあ……なんとかなるよね」

つとめて明るい声を出して、帰り支度をして席を立つ。すると、くたびれた分厚い封筒が目に留まった。先日、黒砂さんが持ってきたインタビュー原稿である。気忙（きぜわ）しくて放置していたけれど、今日は持ち帰ることにした。なんだか、美味しいご飯でも食べながら『玉子さん』に話を聞いてもらいたい気分だった。

‡‡‡

## 1942年3月

昨年天皇陛下による開戦の詔勅が出されてから、街の雰囲気はがらりと変わってしまった。新聞が戦争一色に染まっただけでなく、婦人雑誌の表紙まで枯れ葉色の国民服を着だして、洒落た遊びはこの世界からなくなったようだ。こんな調子では、たとえ浩さんが画家を続けていたとしても、展覧会どころではなかっただろう。

料亭では将校たちを相手に細々とお座敷が続いているらしいが、芸者衆はみんな日本髪を解いてしまった。姐さんたちは自前の髪を簡単に巻いて、もんぺ姿で働いているらしい。

一時期、私のお客は全くいなくなったが、そろそろ違う食い扶持(ぶち)を見つけようと思案していたところ、婚礼の仕事が続々と舞い込んでくるようになった。いつ戦争に行くか分からないから、相手のいる人はさっさと結婚してしまおうという風潮になっているのだ。相手がいない人も見合いをしてどんどん結婚している。先行きの見えない世界の中で、私のもとには若い人のお祝いの話ばかりが舞い込んで奇妙に明るい。

猫も杓子(しゃくし)ももんぺを穿(は)かないといけない風潮になって、優雅に髪を結って裾を靡(なび)かせて歩けるのは花嫁だけだ。私は毎日のように少女の日本髪を結い上げる。

今日のお客は十八歳の娘。豊かな黒髪を持ち上げると、柔らかい産毛をまとった白い皮膚が見える。同じ色白でも姐さんたちの真珠のような肌とは違う、白桃に似た質感だ。これはこれでとても魅力的だが恐らくあと数年で衰える。今から磨けば真珠になるだろう。日を長く浴びているのか、髪は乾燥が気になる。

きちんと磨いたらもっと綺麗になるのにな、と思いながら櫛を通す。人間の皮膚と髪は体の一部でありながらほとんど衣服の役割を持ち、特に髪は痛覚がなく、金属や木材のように加工に耐え得る。芸者衆の美しさは本人の資質だけで得られるものではなく、私のような職人たちが一緒に作っている。

この子は今日から農家にお嫁に行くから、花柳界などとは無縁の人間だ。夫になる青年は、もうすぐ戦争に行く。

銀糸を織り込んだ帯をしっかり結んで送り出すと、入れ違いにぽん太姐さんがやってきた。彼女は私を気遣って、時々夜会巻を結いに来てくれる。彼女の艶々した髪の毛を梳かしながら、「こんな格好でお座敷芸ができるの?」と聞くと、彼女はにやりと笑った。

「大丈夫よ。むしろ兵隊の芸はもんぺの方がしっくりするわ」

ぽん太姐さんが鉄砲を構えるような仕草をすると、部屋の隅で大人しく本を見ていた真砂がちらりと顔を上げて、くすっと笑った。

真砂はやたら静かで手がかからないまま四歳になった。私が仕事をしている時は特に息をひそめて、花瓶の花のようだ。何も分からない子供なのに、私の緊張を察しているのだろう。

「あんた……もうそんな大人の本読めるの。やっぱり賢いのねー」

ぽん太姐さんは真砂が読んでいる本に目を留めてそう言った。私が結婚前に役者の写真目当てで集めていた雑誌で、真砂は絵や写真を眺めているだけだ。男の子にしては綺麗な細々としたものが好きで、近所の男の子との泥遊びには決して交ざらず、婦人雑誌の挿絵を熱心に見つめている。なんだか文雄のような子になりそうだなと思った。

## 1943年10月

買い物に行こうとしたら、道の向こうから真砂が友達と歩いてくるのが見えた。真砂は近頃ようやく気の合う友達ができたが、何故だかみんな女の子だ。よく道端にしゃがみこんで、お花を見つめながらお喋りしている。

大通りに出ると、すらりとした目立つ女が六人横並びになって歩いているのを見つけた。大通りとは名ばかりで車がやっとすれ違える程度なので、そんなに沢山横に並んだら邪魔くさい。大道ゆく人も何事かと見ている。

女の顔をよくよく見たところ全員顔見知りの芸者で、真ん中にはぽん太姐さんの姿もあった。私に気づくと、ぽん太姐さんは「あら、玉子」と澄ました声で言って手を振った。

「みなさんお揃いで……どこかに行くの？」

「帰る途中よ。みんなでお揃いの良いもんぺを仕立てたの」

ぽん太姐さんはそう言って、黒に近い濃紺のもんぺの腰のあたりをつまんでみせた。そう言われてみると、全員同じ色のもんぺを穿いている。少しハリ感のある生地で、縦の折り目が美しく、色も深くて高級感がある。

「良いもんぺでしょ」

「確かにすごく良いけどさ」

そもそも、もんぺは良い着物を着るのを自粛しようという趣旨の服なのに本末転倒である。濃紺のもんぺは腰から下がすらりと長く見えて、ただでさえ長身のぽん太姐さんがさらに細長くなっている。そんな女が六人も並んでいるから、異様な迫力だ。

「若い芸者衆を中心に蓮池慰問団が結成されてね、今度支那(しな)に行くっていうから、餞別(せんべつ)の代わりに同じもんぺを贈るのよ。みんなであっちで穿いてね、ということでね」

遠い異国の地で長期間駐留する軍隊が増えて、劇団や芸人、音楽団など、様々な人たちが慰問公演に出かけていた。国内では特高の目が日に日に厳しくなっているから、兵士を励ますという大義名分があった方が、うんと派手に自分たちの芸を披露できる。

慰問の話が出た時に、ぽん太姐さんも行きたがっていた。もともと兵隊にはお客として散々お世話になっているのだし、浩さんがどこかで暮らしている土地でもある。

しかし文雄が全力で止めて、今回ばかりはぽん太姐さんも折れるしかなかった。薄らと、怖い気持ちもあったのだろう。ぽん太姐さんはのんびりした調子で「お土産に、綺麗な石を持って帰ってきてもらう予定なの」などと言っていた。

## 1944年1月

その知らせがやってきたのは、年の瀬も近づいて、街がどことなく浮ついた空気になっている時だった。町内会長がいきなり私の店に入ってきて、「慰問団の子たちが大変なことになった」と言った。

蓮池慰問団の船が揚子江を渡る途中で機雷にやられたらしい。まだ詳細は不明だが、乗員の生存は絶望的だそうだ。数日前に、大陸の各地を移動して芸を披露しているという話を聞いたばかりだったのに。

いてもたってもいられなくて、ひとまず外の通りに出ると、ぽん太姐さんがふらふら歩いていた。駆け寄ると、彼女は真っ青な顔で「全員、戦死の可能性が高い、ですって」と言った。

兵隊に行った人が死んだり、大怪我をしたりして帰ってきたという噂は遠く聞いていたけれど、蓮池の狭い顔見知りの間で戦死者が出たことはなかった。それまで私は心のどこかで、爆弾も鉄砲も、お芝居に出てくる小道具の一つのように感じていた。その感覚は、街のみんなも同じだったのかもしれない。悲しむより前に、普通の人間には理解できない、とてつもなく奇妙な出来事が起きたという反応だった。

「あの子たちは戦争しに行ったわけじゃないのに、戦死っていうのかしらね」

ぽん太姐さんは首を傾げて、ふらふらとどこかに歩いていった。

街に異様な雰囲気が漂ったまま年の瀬を迎えると、蓮池に慰問団の遺品が届けられた。向こうで橋を造ったり船の整備をしたりしている日本軍の水夫が、沈没した船からハンドバッグや草履なんかを拾ってくれたらしい。肉体は、一人残らず全てばらばらになって回収できなかったそうだ。

町内会長と一緒に、戦死者を出した置き屋の女将のもとに持っていくと、女将はそれをじっと見つめて、やがて堰を切ったように大声で泣き出した。彼女はぼろぼろの草履に頬を擦り付けて何度も死んだ子たちの名前を呼んでいた。遺品は蓮池の真ん中の大きな神社に持っていって、遺体の代わりに供養をして、私たちはようやくお正月を迎えた。

その後、徴兵される人数がどっと増えた。国民学校では出来損ないの軍隊のような演習をやらされて、まともな勉強をさせてもらっていないらしい。真砂はまだ小さくてよかった、と心底思う。徴兵される男子の年齢は幅が大きく広がって、まだ赤ちゃんみたいなあどけない顔をした子も、ろくに走れなそうな年寄りも戦争に行ってしまった。兵隊に行った人は戻らず、聞こえてくるのは悲惨な死の噂ばかりだ。街の空気がどんどん重苦しくなっていっている。

ぽん太姐さんのお座敷は全くなくなったわけではなく、たまに軍人たちに呼ばれて宴会の相手をすることもあったが、そんな日に文雄とすれ違うと、沸々とした怒りが陽炎になって見えるようだった。

文雄は目が悪いからなのか、菓子作りの仕事が余程重要だと判断されたのか、まだ徴兵の知らせは来ていない。砂糖の配給が日に日に乏しくなって、普通の家では煮物作りさえ困っている有様なのに、彼の店は優先的に大量の砂糖が配給されていると聞く。兵士の嗜好品となる羊羹を軍に卸していて、戦前よりも仕事が忙しそうだ。兵器に使う燃料を作っているという噂も囁かれている。道ですれ違う彼はいつも険しい顔をしていて、どうも話しかけにくい。

こんな鬱々とした状況なのに、町内会長は今年は新春演芸会をやりたいと言い出した。新春演芸会は蓮池の重鎮たちの生き甲斐だったが、日米開戦後はずっと自粛していた。

「今年は慰問団の供養もかねて、みんなで少しだけ歌って踊ろうよ」

町内会長はそう言って、私に裏方の協力を求めた。今までこき使っていた若衆たちは軒並み戦争にとられてしまったのだ。

「憲兵が飛んでくるんじゃないの」

「神社でやるんだよ。そうしたら、お祭りの稽古ってことにして誤魔化せるだろう」

町内会長はそう言ってにっこり笑った。日本各地の神社がお祭りを中止しているのに、蓮池の真ん中にある神社の例大祭はなぜだか休みなく続いている。戦前のように賑やかな屋台は出ないが、少しお酒を出して楽しんでも、軍から圧力をかけられたことはない。もしかして、軍人たちの骨休めも兼ねているからお目溢しをしてもらっているのかもしれない。

かくしてひんやりとした晴天の下、新春演芸会が開催された。歌が大好きな三味線屋の旦那も、奇術が得意な呉服屋の旦那も戦場に行ってしまったから、演目は非常に少ない。演劇が好きな酒屋の旦那は戦地から帰ってきているが、足を悪くした上に、ほとんど喋らなくなってしまった。

代わりに芸を披露するのは女しかいない。町内会長が挨拶をすると、芸者が三人地べたで三味線を弾き、置き屋の女将が一張羅を着て踊った。手には枯れ枝に和紙を貼り付けた造花を持っている。枝の先に、薄紅色の和紙を幾重も重ねて、ふんわりと大きな丸い花に仕上げている。

「あれは、蓮だわね。懐かしいわ」

ぽん太姐さんがそう呟いて、私はもう随分蓮の花を見ていないことに気づいた。街の中に点在していた蓮の池は、全て潰されて芋畑になってしまった。以前は飽きるほど目にしていた花も、どこかから買ってこないとお座敷に生けられないし、もうどこの料亭もそんな余裕はない。
新春演芸会はこの演目一つだけで終わった。神主が秘蔵の日本酒を出してくれて、みんなでお猪口(ちょこ)一杯だけもらった。今年は去年より良い世の中になるように、曇りのない空に祈ってお猪口をあおる。置き屋の女将は「水底のあの子たちへ」と呟いて飲み干した。

憲兵が来ないうちにさっさと片付けて、ぽん太姐さんと二人でのろのろと帰り道を歩く。大通りから細い路地に入ろうとしたら、背後から「危ないわよ」と声が聞こえた。振り返ると、そこには上等な天鵞絨(ビロード)のワンピースを着た浩さんが立っていた。

「浩さん！」

驚いて、思わず大きな声を上げると、ぽん太姐さんも珍しく弾んだ声で「久しぶりね」と言った。

「落とし穴がありますよ、そこ」

浩さんは眉間に皺を寄せて地面を指さした。そういえば、数年前に彼女はこの路地に埋まっていた。しかし今は芋がしっかり育ち、根が地中を這(は)って、畑の土を支えている。もう誰も穴に落ちたりしない。

「大丈夫。この地面もね、いい加減、ここは池じゃないってことを覚えたみたい」

そう言うと、浩さんは怪訝そうな顔で「本当に？」と言いながら、そろりそろりと畦道(あぜみち)を歩いて私たちのすぐ目の前までやってきた。彼女は少し大人っぽくなった。髪の毛は油をつけて整えられて、上品なバレッタでまとめてある。数年前ならまあまあ身なりのいいお洒落なお嬢さんにしか見えなかったのに、今こうして芋畑の上に立っていると、明らかに身分の違う人だと分かってしまう。

「どうしたの？　日本に帰ってきてたのね」

「そう。夫の仕事の関係でちょっとだけ。あのね、二人に渡しておきたいものがあるのよ」

浩さんはそう言うと、慌ただしく私とぽん太姐さんを別の路地まで連れていって、車に乗せて稲毛のお屋敷に向かった。

浩さんは夫の仕事の都合で一時帰国しており、今は東京に滞在しているそうだ。蓮池慰問団の戦死の報を受けて、心配してわざわざ千葉まで来てくれたらしい。彼女は私たちに生活のことをあれこれ聞いて、青くなったりほっとため息を吐いたりしていた。こちらも色々聞きたいことがあったけれど、どこから聞いたらいいのか分からないし、話せないことも多いのだろうかと思ってしまう。彼女は少し痩せて、表情には拭いようのない厳しさが漂っている。私たちの顔つきも、変わってしまっているのかもしれない。

車から降りると、ぽん太姐さんが軽く伸びをしながら、呑気に「お后様のお化けは出たの」と聞いた。すると、浩さんはぽかんとした表情で「お化け？」と首を傾げた。

「古いお城に住んでる、死んだ王妃のお化けの話をしたでしょう……。開かずの間にいたっていう」

ぽん太姐さんがそう言って、私はようやく浩さんが語っていた御伽噺を思い出した。ぽん太姐さんは人の話を聞いていないような顔をして、時々驚くほど細かいことを覚えている。

浩さんもようやく絵本の話を思い出して、ああ、と大きな口を開けて手を叩いた。

「お化けには会えませんでしたけど、故宮とはまた違うお城には遊びに行きました。中世からずっとそこで生きているような半死半生という感じの人がいました」

浩さんは海の向こうで見てきた壮大な建築物や色とりどりの食べ物の様子を語りつつ、お屋敷の門扉を開いた。玄関も庭も落ち葉一つない。彼女たちの留守中にも、管理している人がいるのだろう。しかし電気は通っていないようで、浩さんが照明をつけようとしてもうんともすんとも言わなかった。縁側から入り込む光が、中華風の調度を影絵のように見せている。

「暗くてすみませんけど、こちらに来てください」

浩さんはすたすたと薄暗い部屋の中に入って、棚から宝石や着物を次々に引っ張り出した。

「これから何があるか分かりません。もし何かあったら、これを売って役立ててください」

彼女はそう言って、浩さんは着物と宝飾品の山をずい、と私たちの方に差し出した。ぽん太姐さんはぼんやりした顔で首飾りを弄びつつ「何かって、何かしら」と呟く。

「日本でもだいぶものが買いにくくなっているでしょうし、これからもっとひどくなるかもしれません。だから、念の為これを使ってほしいんです」

「上等なものばかりね。でも悪いけどこれあたしの趣味じゃないわ」

ぽん太姐さんが素っ気なく言って首飾りをするりと手のひらから滑り落とした。

「そういう問題じゃなくて……」

浩さんが困惑した顔で、私に縋(すが)るように目を向ける。自分たちがこの宝物を使う未来がいまいち想像できないし、したくないけれど、私は有難く受け取って頭を下げた。

「極力手放さないようにするけど、どうしても困ったらぽん太姐さんと使わせてもらいます」

そう言うと、浩さんはほっと息を吐いて、今度は寝室に向かった。ベッドも円卓も撤去されて、木箱や本がやや雑然と積んである。

「これは一銭の価値もないけど、かなり丈夫な生地なので屋根や壁の補修には使えます。どうぞもらってください」

浩さんはそんなことを言いながら、部屋の奥に立てかけられた大きなキャンバスを指さした。キャンバスは裏返しになっていて、絵が見えないようにしてある。

「もしかして、この前描きかけだった絵？」

そう聞くと、浩さんは頷いた。

「あら懐かしいわねえ。完成したの？」

ぽん太姐さんがそう言いながらキャンバスに近づいて、勝手にくるりと返した。浩さんが
「あっ」と小さく叫ぶ。

私は息を呑んだ。以前は下塗りだけだったキャンバスに、晴れた海辺が出現している。七色の絵の具をちりばめて、光り輝く砂浜と空、白い波打ち際が描かれている。そして画面の中央には、砂浜を散歩する二人の女が大きく描かれていた。

手前にいる女は絣(かすり)の着物で、奥にいる女は派手な縞模様の銘仙を着ている。手前の女は着物も髪型も地味だが、走り出す直前のような姿勢が元気よく、画面に向かって話しかけてくるような表情が印象的だ。それとは対照的に、奥に立つすらりとした女は静かに海を見つめている。

「この人、ぽん太姐さんだ」

私が海を見る女を指してそう言うと、ぽん太姐さんは「こっちは玉子じゃないの？」と言って、手前の元気のいい女を指した。確かにいつもこんな着物を着ているけれど、他は丸っこい手をしているくらいしか共通点がない。

「私にしては目が大きすぎない？　鼻も高いし、美人すぎる」

「そう？　まあ、こんなもんじゃない。絵って多少は美化するものでしょ。そんなこと言ったら、あたしっぽい人も目が丸すぎるわよ」

「確かに、ぽん太姐さんにしては目に覇気があるわね」

私とぽん太姐さんが首を傾げてあれこれ言っていると、浩さんが気まずい顔をして「お二人を描きました」と言った。

「絵は描き手に似るものだという言説がありまして……ちょっと私の顔に近づいてしまったかもしれません。先生にも、あんたは自分の目が大きいからって人間の目を大きく描きすぎだ、などとよく注意されていました。それに、時間がなくて色々直したいところも直せなかったし、正直なところ未完成なんです」

浩さんはそう言って、おもむろにキャンバスの縁に手をかけてめりめりと絵を剝がそうとした。

「何してるの！」

私が慌てて彼女を絵から引き離すと、ぽん太姐さんがぽかんとした顔をして、のろのろとキャンバスを守るように両手で支えた。

「だから、あの……キャンバス地は非常に丈夫なので、剝がして何かにお役立てください。雨漏りの修理とか」

「雨漏りなんかに使うわけないでしょう。大事な絵なのに。せっかく、私たちを描いてくれたんでしょう」

私がそう言うと、ぽん太姐さんも頷いた。

「あたし、これは、趣味だわ」

ぽん太姐さんの瞳に、ぼうっと小さな火が灯る。

「何年か前に上野で見た展覧会では、全然好きな絵がなかったんだけど……これは気に入ったわ。日本人の絵ってどうも辛気臭くって、あたしは外国の絵の方が好きなんだけど、あなたの感性は国際的なのね」

ぽん太姐さんがそう言うと、浩さんは首を横に振って「そこまでのものではないですけど」と謙遜した。しかしぽん太姐さんは思いつくまま絵を褒め続けた。

「見て、あたしたちのこの表情。きらきら輝いて、海辺の色使いも独創的だわ。こんなにきれいな絵は、初めて見た。あなた、きっと世界一の絵描きになるわよ。どんどん描いてよ。一枚じゃ足りない。美術館をいっぱいにするくらい、沢山描くのよ。これはあたしたちが責任持って預かっておくから、満州のお城でもしっかり描きなさいよね……」

ぽん太姐さんの言葉に、浩さんは口をきつく結んで俯いた。

彼女はきっと、もう絵を描いていられる状況ではないだろう。戦争はなかなか収まる気配がなく、国内は日に日に締め付けがきつくなっている。画家たちは国威発揚絵画しか描くことを許されず、自由な創作をしている芸術家たちを次々に特高が捕まえているという噂も聞く。砂浜を散歩している友達を描くなんてことは許されないのかもしれない。彼女の立場なら、尚更。

荷物を運び出して、屋敷の戸を再びしっかり閉めると、彼女は「沢山、お話を聞いてくれてありがとう」と言った。

満州国皇帝の弟との結婚が発表されてから、彼女は新しい国のお姫様として、次の皇帝を生み出す女として、凛とした横顔を世間の人々に見せてきた。世界のどれだけの人が、彼女の少しとぼけた笑顔を知っているだろう。燃えるような勇敢さと情熱と、どこか危うい画家の瞳を。

「お礼を言うことなんてないのよ。私が、あなたの話を聞きたかっただけ」

私がそう言うと、ぽん太姐さんが深く頷いた。

「そうよ。もっとずっと、お話を聞かせて」

浩さんの大きな目から涙が溢れる。濡れた頬に夕日が反射して、輪郭がきらきら光る。彼女と一緒に波を見ていた瞬間が、はっきりと脳裏に蘇る。海はいつもそこにあるのに、白波が弾ける様が七色に見えたのは、彼女と一緒にいる時だけだった。

家の補修に使ってくれなんて言っていたけれど、本当は、彼女はただこの作品を私たちに見てもらいたかったのだろう。貴重品を譲るというのも、家に呼ぶ口実に過ぎなかったのだ。これは彼女の最後の作品で、私たちの最初のピクニックの記念だ。これから世の中がどうなろうとも、あの海辺の時間が、確かにここに存在している。

⁂

# 2020年5月

『絵はうちには置く場所がなかったから、ひとまずぽん太姐さんの家の倉庫……つまり、文雄の店の土蔵に置くことにしたの。蓮池の中では一番安全だろうからね。浩さんはその後もしばらく東京にいて、何度か稲毛に遊びにきてくれたけど、ゆっくりする暇はなかったから、神社の境内でちょっと立ち話をするだけだった。監視もついていたかもしれないね。彼女はその年の年末にまた満州国に戻ったわ。色々落ち着いたら、またみんなで海辺をゆっくり散策しましょうと言って、私たちは別れたの』

夕食を食べてから、自室で祖母の聞き語りを読んでみると、太平洋戦争中の生活が事細かに語られていた。それと同時に、誰も知らない『真砂』という子供も順調に成長している。なんとなく、父の目の前で読まなくてよかったと思う。真砂は父とは似ても似つかない繊細で中性的な男の子だったらしい。祖母はその性質を愛(いと)おしみ、この子に暴力が降りかからないように必死で願っている。

瞬きも忘れて原稿用紙を捲り、最後まで読み終わる頃には目が乾き切っていた。一旦(いったん)お茶を淹れて休憩してから、千葉の歴史書や嵯峨浩の自伝をひっくり返す。嵯峨浩は満州に渡ってそのまま終戦を迎えると思っていたから、彼女がまた登場したのが意外だった。

蓮池の芸者十人が戦死したのは一九四三年のことだ。嵯峨浩の資料を見ると、ちょうどその頃に溥傑が東京の陸軍大学に入学している。浩も一緒に一時帰国しているから、単独で稲毛の友人を訪ねていたとしてもおかしくはない。

そして浩は友人二人をモデルにした絵を託していった。未完成で、浩は作品に自信を持っていなかったが、きっと戦況の悪化を祖母やぽん太よりも強く感じていたのだろう。全員生きて再会できるか分からないから、彼女は友人たちに見せておきたかったのだ。

もしかすると、黒砂さんが稲毛の人々から聞いた見てはいけない絵の話は、この絵がもとになっているのかもしれない。未完成の絵を人に見せたくはなかっただろうから、浩はコソコソ隠していたのではないだろうか。しかしあまりにも大きいから隠しきれず、屋敷を訪れた人が絵の存在に気づいて不審に思って、不穏な噂に変化した可能性がある。

やはり、伝兵衛邸の地下室の絵が引っ掛かる。女は室内で踊っているのだと思っていたが、背景の白は空なのかもしれない。しかし、あの絵には女性が一人しか描かれていないし、洋装だ。嵯峨浩は着物姿の二人の女性を描いた。祖母とぽん太が二人で顔つきの感想まで言い合っているのだから、祖母の記憶違いではないだろう。なんだか、全てが近くにあるのにはっきり繋がらない。もう一度地下室に入って、絵の細部を調べないといけない。

祖母のインタビューを読み返していると、黒砂さんから電話がかかってきた。ざあざあという砂嵐のような音が聞こえる。「もしもし」と問いかけると、ノイズの合間に「あの」と小さな声が聞こえた。

「雑音がひどいんですが」

そう言うと、砂嵐の音が少し遠ざかって、耳のすぐ近くで「海浜公園です」という黒砂さんのぼそぼそとした声が聞こえた。背後で水鳥が鳴いて、砂嵐が途端に波の音に変わる。

「あの、新しくインタビューできる人を見つけたんです」

「え、これから撮り足すんですか?」

「はい。すぐに約束を取り付けたので、明日の朝ここで撮らせてもらう予定です。今は急遽ロケハンをしているところで……。でもこれで本当に、きちんと作品が仕上がるはずです」

黒砂さんは電話の向こうで淡々と、しかし有無を言わせぬ口調で言った。もう搬入が始まっているのにまだロケハン中とは、恐ろしい進行状況だ。

「な、なるほど。それで、一緒に展示する所蔵作品は決められましたか」

そう聞くと、彼は長い沈黙の後、「すみません」と言った。

「すみません?」

「所蔵作品は……何も使わないという選択肢はないでしょうか」

彼は潮風に攫(さら)われそうな儚い声でそう言った。なんとなく、そんなことを言いそうな予感はしていたが、体にかかる重力がぐっと強くなった気がした。私は携帯電話片手に肩を強く揉(も)んだ。

「映像作品は、見てはいけない絵のエピソードを中心に集約していくんですよね」

「はい」

「どうしても相応しい作品が見つからないのだとしたら、空の額縁を置いたらどうでしょう。額縁なら美術館に特注のものや貴重なアンティークのものなど沢山あります。それも、所蔵作品と言えなくもないですから」

そう言うと、黒砂さんが電話口ですうっと息をする音が聞こえた。

「いいと思います……」

「それじゃ、明日にでも上司に相談します。何をするにも許可がいるので」

黒砂さんは電話の向こうで淡々と「ありがとうございます」と言った。その声音には焦りも感謝も感じられず、どこか上の空だ。

「ところで、玉子さんの聞き語りの原稿は読みましたか」

彼は妙にくっきりとした声でそう聞いた。

「ええ、読みましたけど」

「何か、気になることはありませんでしたか」

「そうですね……浩さんが描いた絵が気になりました。文雄とぽん太の和菓子屋を探せば、そこにあるんでしょうか」

私がそう言うと、彼はさらりと「お店はないですよ」と言った。

「もう調べていたんですか」

「彼らの名前が出てきた時に、気になって千葉市内の老舗和菓子屋を一通り当たったんですが、ご先祖様に彼らの名前はありませんでした。ぽん太は本名が違うのかもしれませんが」

「それは残念ですね。ぽん太さんの子孫に会ってみたい気がしますけど」

そう言うと、黒砂さんはくす、と笑って「個性的ですものね」と言った。それから、彼はしばらく沈黙してから「他には」と聞いた。

一番気になっているのは『真砂』の存在だが、担当作家に自分の実家のことを詮索されるのは嫌だ。リサーチ好きの彼ならとっくに私の父の名前も把握してそうだが、ひとまず黙っておくことにした。

「特にないです」

そう言うと、彼は静かな声で「分かりました」と言った。受話器の向こうからざわざわと一際大きな潮騒が押し寄せてきた。

「夜の海、危ないので早く帰ってくださいね」

「はい、おやすみなさい」

彼は小さく囁いて電話を切った。電話の声は、どこか遠い国から響いているようだった。このご時世にいきなり移動できるはずないのに。

部屋の明かりを消してベッドに入ると、夜風がガタガタと窓を揺らした。彼の背後で潮騒を響かせていた風が、ここにもやってきたのだろうか。寒気を感じて、私は布団を頭まで被って眠りに落ちた。

翌朝、身を起こすと頭がぐらんぐらんと揺れて、私は再び布団の中に沈み込んだ。嫌な予感がしつつ、一度目を閉じて呼吸を整えて、またゆっくりと起き上がった。マスクを装着して、ふらつく足を踏ん張りながら居間の救急箱まで向かう。体温を測ると、三十八度の熱があった。仕事が忙しい時にはしばしば知恵熱を出すのだが、今は時期が悪い。どうしても、巷(ちまた)を騒がせているコロナウイルスの存在が頭を過る。

父が頭をぼりぼりと掻きながら居間に入ってきたので、私は「近づかないで」と叫んだ。

「ん?」

「熱が出た。コロナかも」

そう言うと、父は眉間に皺を寄せて「そうしたら……病院に行かないと」とおろおろした様子で言った。

「発熱外来に行くには、四日熱が続くまで待たないといけないんじゃなかったっけ」

私が携帯電話でコロナ対策を調べつつそう言うと、父は苛々した調子で「普通、四日も熱を放置しないだろ」と言って、昔馴染みのかかりつけ医に電話をした。医者はすぐには動けないらしく、私は夕方まで家で待機することになった。

美術館に連絡すると、事務方は数秒絶句した。もし私が感染していたら、職員も作家も隔離しなくてはいけないし、公式ホームページにでかでかとお知らせを載せないといけない。なるほど、こんな状況では感染を隠す者が出てくるわけだ。事務員が私の体調やここ数日の行動について質問する声には、薄らと非難が滲(にじ)んでいた。不本意ながら平謝りをして電話を切り、医者が来るまで眠った。

夕方、部屋の戸を叩かれて目を覚ますと、フェイスシールドと防護服で完全防御した医者が中に入ってきた。昼寝をしている間に、SF映画の中に紛れ込んでしまったのかと思う。

ベッドから起き上がると、頭の重さはすっかり消えていた。嗅覚(きゅうかく)にも異常はなく、熱も下がっていた。おそらく、普段の知恵熱と同じ症状だったのだろう。

「ごめんなさい。治りました」

今度は医者に謝ると、医者と父は顔を見合わせてほっと息を吐いた。

「検査だけしておきます?」

「そうですね。職場が納得しないだろうし、お願いします」

「はいはい」

医者はさくさくと私の鼻に綿棒を突っ込んで去っていった。


翌々日、検査の結果は陰性だという知らせをもらった。しかし、美術館からは「念の為二週間出勤停止」という意味不明な措置を言い渡された。私は食い下がったが、企画展の責任者はあくまでも橋田さんということになっているので、私が来られなくても問題ないと判断されてしまった。

橋田さんがやったことといえば、設営の最初だけ立ち会って、薄笑いを浮かべて作家たちに挨拶しただけだ。彼には、ナイーブになっている正勝さんや気難しい春子さんの相手は務まらないだろう。しかも黒砂さんの部屋はコラボレーション作品が「ない」という大問題がある。

私はノートパソコンを開いて、猛烈な勢いでキーボードを叩き、まだ見ぬ黒砂さんの映像作品を妄想を交えて詳細に解説した文章と、空の額縁を使う必要性、そしてそれがひいては美術館のレガシーを表現する一番の方法だということを説明した文章を完成させて、橋田さんにメールで送った。

数時間後に美術館から電話がかかってきて、勢いよく出たけれど、橋田さんではなく事務員だった。曰く、緊急事態宣言が延長されるという発表が出るから、開館も延期になるそうだ。不幸中の幸いなのか、不幸に不幸が重なっているのか、私の二週間のよく分からない隔離が終わった後に展覧会が始まることになる。

私が復帰するまで設営を中断してもらおうか。白いカレンダーをじっと睨んでやきもきしていると、今度は正勝さんから電話がかかってきた。

「ひかりちゃん、コロナになったんだって?」

正勝さんの声は、三日前とは打って変わって非常に明るい。

「いや、陰性です。体は元気なのに隔離しろって美術館から言われて、二週間も自宅待機なんです。正勝さんは設営大丈夫ですか?」

「春子さんが、ご実家の昔馴染みの花き業者に連絡とってくれてね、植物はなんとかなりそうだよ。あの人の実家って料亭だったんだねえ、うちの祖母の顧客だったらしくてさ、世界は狭いね……。それで、ひかりちゃんは、具合が悪いわけじゃないんだね?」

「全くです。メールや電話はできますので、どしどし連絡ください」

そう言うと、正勝さんは電話口でふむ、と言った。

「あのさあ、もし家でやることなくて暇だったら、市民ギャラリーの館長に連絡してみてよ」

「なぜですか」

「市民ギャラリーの職員は基本リモート勤務になったんだけど、建物の保安の関係で、見張りは一人いないといけないらしいんだ。昼間は館長や学芸員さんが交代で一人ずつ電話番しているけど、夜の宿直がいないんだってさ。ほら、浜中さんとか、市のアルバイトの方々がことごとく高齢者だから、外出自体を自粛するように言われてて、仕方なく夜は無人の状態らしい。浜中さんが隣の伝兵衛邸のことが心配だって言っててさ」

あの施設は警備員を雇っていないし、高い塀があるわけでもないから、人も獣も侵入するのは容易いだろう。

「私が宿直をやるということですか」

「そう。隔離なんてどうせ家にいるだけなんだから、どこの家にいたっていいだろう」

「まあ、そうですね……」

頭の中に、地下室で踊る赤い女の姿がくっきりと思い浮かんだ。宿直をすれば、あの絵を思う存分調べられる。私は正勝さんにお礼を言って、館長に電話をかけた。

早速、私は翌日から市民ギャラリーの臨時職員になって、泊まり込みで見張りをすることになった。館長は「これで電話番をしなくて済むよ」と喜んでいた。ギャラリーの人々は意外に多忙で、小中学校のリモート授業の応援や、美術や社会の教材作りをしているらしい。そちらも楽しそうな仕事だなと思ったが、私はあくまでも隔離されていなくてはいけない立場だ。

荷物をまとめて、父の出前のバイクを借りて稲毛まで飛ばした。市民ギャラリーいなげも休館が続いているのに、庭はついさっきまでお客が寛いでいたような気配が残っている。庭も建物も綺麗に掃除されていて、落ち葉一つ見えないからだろうか。

きらきら光る芝生の上で、小鳥たちが集まって小花を啄み、池の中では肉付きのいい鯉たちが鱗をきらめかせて泳いでいる。うるさい人間がいないぶん、動物たちはいつもよりのびのびと初夏を満喫している。

館長から「鯉の餌やりを忘れないで」と言われているので、まずギャラリーに入って、館長の机の上にあるという鯉の餌を探した。しかし館長の机の上は書類や雑誌やもらい物のお菓子が山のように積まれていて、どこにあるのか分からない。

書類の山を触ったら食べかけのカステラが出てきて、思わず「うわ」と声を出した瞬間、外の門が開く音がした。窓の外を見ると、マスクとフェイスシールドをつけた女性が庭に入ってくるところだった。顔の九割が隠れているが、ふんわりとセットされたミディアムボブと、上品なカットソーから推察するに、浜中さんだろう。右肩に大きなビニール製のトートバッグを下げ、左手にはスーパーの袋を持っている。

窓を開けると、浜中さんは「こんにちは」と言いながら、てくてくとこちらに近づいてきた。

「一体何をしてるんです？」

「私たちの代わりにここのお世話をしてくださるというから、必要なものを色々持ってきました」

浜中さんはそう言って、ビニール袋を持ち上げて見せた。私は慌ててマスクをつけて、ギャラリーの玄関を開けた。浜中さんはお辞儀をして中に入ると、受付の机にトートバッグを置いて、中からタオルやティッシュなどの日用品を取り出した。スーパーの袋には、水のペットボトルやレトルト食品、お菓子などが山ほど入っている。

「お口に合うようでしたら、これを食べてくださいね」

「全然、お気遣いなくですよ。浜中さん大丈夫ですか、外出しちゃって」

市民ギャラリーが人手不足になったのは、そもそも高齢スタッフを出勤させないためなので、私の面倒を見るために浜中さんが来たら本末転倒である。

「人混みとはかけ離れた場所ですし、大丈夫でしょう。家に引きこもっている方が不健康になりそうです。お茶淹れますね。給湯室の使い方、分かります？」

「多分、分からないです」

「やっぱり来てよかったですわ」

「あ、鯉の餌はどこにありますか」

そう聞くと、浜中さんは苦笑して給湯室に案内してくれた。市民ギャラリーの給湯室の棚には、お茶や菓子から鯉の餌まで色々詰め込まれていた。設備は簡易コンロだけでなく電子レンジとオーブンまである。

「ワークショップで陶器を焼いたり押し花を作ったり、オーブンを色々使うんですよ。おやつにクッキーやパンを焼くこともあります。粉は残ってますので、ご自由に使ってどうぞ」

「そんな心の余裕はないですね」

浜中さんはほほ、と笑って今度は二階を案内した。ギャラリーの二階は突き当たりに応接間とお茶会用の和室があり、そこを宿直の人間が寝泊まりに使っているらしい。押し入れの中にはふかふかの布団が一式入っていた。

「シャワーとトイレもありますので、自由に使ってくださいね」

「伝兵衛邸で寝泊まりはしないんですか?」

そう聞くと、浜中さんは頷いた。

「あそこは地下室の狭いトイレしか水場がないですし、夜は隙間風が結構気になるし、数回見回りをすれば問題ないですよ」

「伝兵衛邸に布団を持ちこんで寝たらだめなんですか?」

「汚さなければ、構いませんが……」

「それじゃあ、そうしようかな。折角ここにいるから、伝兵衛邸に住み込んで地下の絵のことをじっくり調べようと思うんです」

私がそう言うと、浜中さんがフェイスシールドの奥で目を瞬くのが見えた。

「熱心ですね。調べるといっても、何を調べるんでしょう?」

「それは分からないんですけど、絵をじっくり観察すれば、見えてくることがあると思うんです。あの絵は、愛新覚羅溥傑仮寓とも繋がりがありそうで……」

「へえ、あのお屋敷とですか」

「浜中さんは、子供の頃に〝見てはいけない〟絵に関する噂話か、あるいは赤いドレスを着た女の怪談を聞いたことはないですか。稲毛を中心として千葉市一帯で流行っていたようなんですけど」

浜中さんは父や春子さんよりは年下に見えるが、黒砂さんの話を聞く限り絵の噂はかなり長い間一人歩きしていたようなので、彼女も耳に入れたことがあるかもしれない。しかし浜中さんは申し訳なさそうな顔で「私は千葉出身じゃないんです」と言った。

「あら、そうでしたか」

「もともと東京にいたんですけど、結婚を機にこちらにきたんです。それも四十年前の話なので、松本さんよりは千葉歴が長いですけどね」

「それじゃあ、椹木先生のお弟子さんになったのも、引っ越してからなんですか？」

「ええ。私は昔は絵を描いてまして、市の芸術展を見学している時に、椹木勝美先生に話しかけられたんです。私が、熱心に花の絵を見ていたから、気になったらしくて」

「スカウトされたんですね」

「と、いうほどでもないですけど。お花にはもともと興味があったし、近所だったので、すぐ教室に通い始めました。先生は初めから随分取り立ててくださいました。私は調子にのって入り浸っていて、嬉しいことに正勝さんも懐いてくれてました。伝兵衛邸にも何度か先生と来たんですよ。当時のオーナーは、どこかの会社の社長だったと思いますけど、先生の熱心な支援者で、華やかなお茶会を開いてくださって、とても楽しかった……。正勝さんはお茶会に飽きると庭に出て、オーナーが飼っていた犬と遊んでいました」

浜中さんはそう言って庭を見つめた。丘の上には誰もいないのに、芝生があまりにも気持ち良さそうで、誰かがのんびり昼寝する姿を幻視する。過去百年の間に訪れた様々な客人の昼寝姿が蓄積しているのかもしれない。

ふと、正勝さんが幼い頃にこのお屋敷のお茶会で赤いドレスの女の絵を見た、と言っていたのを思い出す。浜中さんが四十年前から槌木先生の弟子なら、その時も一緒に居た可能性が高い。

「あの、浜中さんが地下室の絵を最初に見たのはいつですか?」

私がそう聞くと、浜中さんは首を傾げた。

「一昨年ですよ。前にも言いましたけど、耐震工事で発見されてすぐに」

「もっと前に、このお屋敷で見た記憶はありませんか」

私の言葉に、浜中さんはフェイスシールドの向こうで目を細めた。

「いいえ、ありません」

彼女は私の目を見てはっきりと言った。私は何故だか、彼女は嘘をついている、と思った。

それ以上何も聞けない空気だったので、私は彼女を追及するのは一旦諦め、伝兵衛邸の戸締りの仕方だけ教わって帰ってもらった。午後は庭で布団を干しつつ、館長の席で電話番をしていたが、かかってきたのは保険屋と不動産屋の勧誘電話だけだった。

お茶休憩に立ち上がると、美術館から臨時異動手続きの面倒な書類がファックスで続々と送られてきて、館長の机の書類の山にふわふわと重なっていった。このようにして山が形成されるのだなと思いながら見守っていると、さらりと橋田さんからの手書きのファックスも交ざっていた。私が昨日送った、黒砂さんの展示室の空の額縁使用案の書類に膨大な赤が入っている。一番上には、「却下」という文字が大きく書き殴られていたので、私は即座に受話器をとった。

電話口の橋田さんは、まず、わざとらしくふわあと欠伸(あくび)をした。

「なんだい、空の額縁を展示するって」

「あのですね……」

私は黒砂さんの映像の筋書きを説明しようとしたが、途中で遮られた。

「内容は把握しているよ。映像のデータも黒砂さんに見せてもらったし」

「そうなんですか」

「僕をなんだと思ってるんだ。この展示の責任者なんだぞ」

橋田さんはため息を吐いた。確かにこの展示が失敗すれば、全ての責任は私ではなく彼に降りかかる。世の中は大成功よりも大失敗の汚名の方が残りやすい。彼はミスをしない程度には仕事をするのだ。

「空の額縁を所蔵作品だと言い張るのはさすがに無理がある。もっと人数が沢山いる展覧会ならまだしも、三人しかいないのにそのうちの一人が所蔵作品を選ばなかったんじゃあ、お客さんががっかりするだろう」

それはそうかもしれないが、私はどこの誰が発案したのか分からない企画書の内容より、今目の前で頭を抱えている作家のやりたいことを優先したい。電話口で唸っていると、橋田さんが「代案だけど、ボワイヨの絵本はどうだね」と言った。

その言葉には少し驚いた。そもそもボワイヨは彼がリストアップした清王朝ゆかりの作品なわけだが、私は祖母のインタビューを読まなければ、浩との関連性をあまり感じられなかっただろう。

「何故、ボワイヨがいいと思うんです？」

「溥傑のルーツである中国の王朝時代が描かれているし、〝見てはいけない〟ものの話でもある。映像作品と絵本という、異なる時間軸の物語を合わせて鑑賞するのも満足感がありそうだし。それに、似てるだろう……どことなく、嵯峨浩に」

「嵯峨浩に？」

ボワイヨの絵本に出てくる王妃は冷たく妖しげで恐ろしくて、嵯峨浩の明るい美貌とは種類が違う。私が首を傾げていると、橋田さんは「絵本、読んだ？」と聞いた。

「読みましたよ」

そう言い切ろうとしたが、フランス語を全て解読したわけではないので、最後に「なんとなく」と付け加えた。すると、橋田さんは苦笑した。

「君は確かに才能があるけど、自分だけが正しいと思いすぎているね……」

橋田さんは淡々と言って、電話を切った。

受話器を置くと、泥の池に入り込んだように、疲労が全身にのしかかってきた。ふらふらとシャワーを浴び、浜中さんからもらったレトルトのカレーを食べて、最後の力を振り絞って布団を伝兵衛邸に移動した。

庭を渡って古い洋館に足を踏み入れると、今にも優しい誰かが出てきて「お茶を飲みます?」と言ってくれるような気がした。夜の洋館はもっとお化け屋敷のような雰囲気になるかと思っていたが、シャンデリアのオレンジ色の明かりに照らされた室内はあたたかい雰囲気だ。

伝兵衛邸の二階は雰囲気ががらりと変わって、畳の和室が広がっている。葡萄の樹で作られた柱や、欄干に施された葡萄の模様など、ワイン商の伝兵衛にちなんだ意匠がちりばめられている。柱や板の間はしっかり磨かれていて、畳と障子は新しく打ち直してある。漆塗りの上品な卓袱台や小さな食器棚など、生活感のある家具も少しだけ置いてあって、このまま違和感なく生活できそうだ。

私は卓袱台にノートパソコンを置いて、畳の部屋の真ん中に宿直室の布団を敷いた。すっかり快適な寝床を手に入れたつもりだったが、いざ寝ころがってみると、浜中さんの言う通り隙間風が気になった。寒くはないけれど、半分屋外にいるようで心もとない。布団をぐるぐると体に巻きつけて目を閉じると、やがて眠りが漣のようにやってきた。

夢の中で、私は薄暗いじめじめした牢屋(ろうや)の中にいた。石壁や床を這う虫の姿に怯えながら、冷たい寝床の上で体を小さく丸める。窓の外からは、時々乾いた銃声が聞こえる。火薬が弾ける音はぱぱぱ、と軽くて、意外に間抜けだ。本でも読んで現実逃避をしたいと思っていると、私の背後からほっそりした青白い手が伸びて、金色の唐草模様の装丁の本を渡してきた。

差し出された本はジョセフ・ボワイヨの絵本だった。ページを開くと、何故だかフランス語が読めているような気になった。本を渡してくれたのは、私と同じ牢屋に入れられている、ひどく痩せた女の人だ。美しい顔立ちなのに、髪の毛はぼさぼさで、表情は緩んで口元から涎(よだれ)を垂らしている。不気味に思って、私は本の世界に逃げ込んだ。

しばらくすると、背後で恐ろしい金切声が聞こえた。恐る恐る振り返ると、痩せた女の人が半狂乱になって床の上でのたうち回っている。悲鳴を聞きつけた兵士がずかずかとやってきて、異国語で何かを叫んだ直後、鉄砲を構えた。重たい爆発音が響いて、鉄砲の先から硝煙(しょうえん)が立ち上る。それから、私の足にぬるりとしたものが触れた。床の上に、真っ赤な血が広がっている。床の上で暴れていた女の人が腹を手で押さえて倒れている。彼女は血まみれの顔で、獣のような唸り声を上げた。

悲鳴を上げようとした瞬間、はっと目を覚ました。喉がからからに渇いている。視界には、古びた木の格子窓と明るい青空しか見えなくて、一瞬自分がいつの時代のどこにいるのか分からなくなった。慌てて起き上がり、庭の向こうに広がる無粋なビル群を見てほっとした。

始業時間まで三十分あることを確認してから、再び布団に倒れ込んだ。先ほど見た不気味な夢のイメージが頭から消えていかないように反芻する。あれが何に影響されて見た夢なのか、すぐに分かった。ここ最近繰り返し読んでいた、浩の自伝に登場する婉容のイメージだろう。

浩の自伝には、溥傑の兄嫁、婉容の話がたびたび出てくる。清王朝のラストエンペラー、溥儀の妻である婉容の経歴はどことなく浩と似ていて、都会生まれで西洋のスポーツも芸術も愛した先進的な女性だった。そんな人が王朝時代に溥儀のもとに嫁いで、古い因習にまみれた城の中に閉じ込められたかと思えば、今度は夫が廃帝となって城を追われて、浩以上に過酷な運命を辿る。王朝滅亡後は溥儀との関係が悪化して阿片に溺れ、浩が出会った頃には既に正気を失っていたらしい。

浩は心を壊した彼女を見捨てることなく、日本敗戦後の内戦状態の中国で共に逃亡生活を送っていた。敵国日本に協力していた満州国の皇帝の一族は、国民党軍と共産党軍の双方から命を狙われていたのだ。最後は、婉容は国民党軍の牢屋に閉じ込められて、糞尿垂れ流しの状態で獄中死した。

血を流す婉容なんて実際にこの目で見たわけじゃないのに、夢の中の光景は恐ろしく生々しかった。彼女の姿は、紫禁城の御伽噺の王妃のイメージに重なる。そして床に広がる血の赤は、地下室の絵のドレスと同じ鮮やかさだった。

私は布団を畳んで、地下室に向かった。暗く冷たい階段を下りて、懐中電灯で絵を照らす。

この絵が、嵯峨浩の作品である可能性はどのくらいあるだろう。嵯峨浩の絵は本でしか見たことがないが、彼女の作風とは違う気がする。彼女の絵は、本人の優美なイメージとは裏腹にどっしりと重い。ゴーギャンを連想させる色使いと主観的なデッサンだ。しかしそれも若い頃に描いた数枚しか資料がないので、違う作風のものが存在してもおかしくない。

私は懐中電灯を壁に立てかけて、絵の裏側を覗いてみた。絵画はしばしばサインや制作年などが裏に書かれていて、日記や手紙が見つかることもある。しかしこの絵にはサインのようなものはなく、裏側にびっしりと新聞紙が貼られていた。湿気避けなのか、補強なのか、幾重にも重ねて糊（のり）のようなものでくっついている。

表はそのまま美術館に飾っても問題ないくらい劣化が少ないのに、裏面の新聞紙は乱雑に貼られて、下の方は剝がれかけている。直すつもりで触れると、乾ききった紙の端がぱらりと崩れて落ちた。

「何だろう……」

新聞紙が剝がれた箇所を見ると、キャンバス地がひどく黒ずんでいるのが分かった。新聞紙をさらに捲って中を覗き込む。新聞紙で守られていたのにも拘らず、油と埃が大量に蓄積したような黒褐色の汚れが大きく広がっている。どんなに長い時間が経っていても、ただ室内に置いていただけならこうはならない。

この汚れは、おそらく新聞紙を貼る前にキャンバスについたものだ。これを隠すために新聞紙を貼っていたのだろうか。油絵の具やインクには見えないし、黴による腐敗とも違う、複雑な濃淡のついた染みは、血液のように見える。

薄ら寒くなって地上に戻ると「おーい」という声が耳に届いた。門の方を見ると、またもや人が入ってくるところだった。今日は大きな帽子を被った春子さんと、エプロン姿の父である。よりによって高齢者ばかり訪ねてきて、全く隔離の意味がない。

「食事持ってきたぞ」

父はそう言いながら、岡持を持ってこちらに歩いてきた。春子さんもパン屋の紙袋や大きなエコバッグを持っている。

「あの、一応私隔離中なんですけど」

二人からじりじり距離をとりながら言うと、父は「検査は陰性だったろ」と言った。一方、春子さんは私の言葉を全く聞いておらず、うっとりした顔で伝兵衛邸を見上げた。

「松本さんここで暮らしてるの？　いいなあ。まるで高級ホテルじゃないの。稲毛にこんな素敵な場所があったのねえ」

「春子さんは来たことなかったんですか？」

「そうねえ。市民ギャラリーがあるなんて知らなかったし、あたしが子供の頃は人が住んでいたでしょう。庭の中に入らないと建物は見えないから、こんな風になってるなんて知らなかった」

春子さんはすたすたと伝兵衛邸の中まで入ってきて、一階の豪華な暖炉付きのダイニングルームを見て歓声を上げた。

「ねえ、ここでパーティーしましょうよ。ふかふかの椅子もあるし」

「汚れるのでダメです」

即座に却下すると、春子さんはつまらなそうな顔でピロティに出て、今度は手すりに気だるくもたれかかって庭を眺めた。

「ピロティなら食事しても大丈夫だと思いますので……」

そう言って、ピロティの片隅に置かれたガーデンテーブルとベンチに案内すると、春子さんはテーブルにせっせと食べ物を置いた。ハード系のパンやチーズなど日持ちしそうなものばかりで有難いが、全体的に酒のつまみといった雰囲気だ。春子さんは「重ーい」と言いながらエコバッグからワインも出した。

さすがに朝から飲む気にはなれないので、ギャラリーの給湯室で紅茶を三人分淹れると、春子さんが「いいわね」と言って、うきうきとした様子でドライフルーツ入りのパンを齧り出した。甘い香りがふわりと広がって、食欲が刺激される。

父が岡持を開けると、今度は香ばしいバターとチーズの香りがピロティを支配した。クラブハウスサンドやらグラタンやら、とても一人じゃ食べられない量の食事を持ってこられて困惑したが、ひとまず冷めないうちにグラタンを食べる。数日ぶりのしっかりした食事に、舌と胃が前のめりに迎えに行こうとしているのが分かった。

私と春子さんがどんどん食べ物を平らげている間、父は少し離れたところで私をじっと見ていた。思ったよりも、心配させてしまったのだなと思う。

「早く元気になって戻ってきなさいよ。あなたが主役なんだから」

春子さんはクラブハウスサンドに手を伸ばしつつそう言った。

「いや、もともと私は元気なんですよ。それに主役は春子さんたち、作家さんです。展示室の絵は順調に仕上がってますか？」

そう言うと、春子さんは大きな目をきらきら輝かせて、ぱん、と手を叩いた。

「その件なんだけどちょっとお願いがあるのよ。あなたに、あたしの絵の主役になってほしいの」

春子さんはそう言うと、エコバッグから赤いきらきらした絹布を取り出した。ワインを一本入れただけにしては大きなエコバッグだなと思っていたら、中に着物と帯が入っていたらしい。おそらく、彼女が新春演芸会で着ていたものだろう。畳まれた深紅の布地に、ちらりと梅の花びらが覗いている。

「ちょっと、これを着てモデルになってくれない」

春子さんはそう言って、燃えるような深紅の着物をゆらゆらと揺らした。演芸会の会場で見た時はただ華やかな着物だと思ったけれど、こうして外の日の光の下で見ると、目眩（めまい）がするほど鮮やかだ。

「もしかして、海を見ている女性の姿を描き直すつもりですか？」

春子さんの絵に描かれていた人間は、海を見ている彼女の友人の姿だけだった。あれ以上誰も描き足す必要はない。

「そう。なんだかあの絵が物足りない原因は、清乃さんの後ろ姿なのよ。もう本人はいないから、記憶を頼りに描いたんだけど、やっぱり人体はきちんとデッサンしないと駄目ね」

「十分素敵だったと思いますが……。私でいいんですか？　あんなに華奢じゃないし、髪の毛もぼさぼさだし、こんな綺麗な着物着こなせませんよ」

そう言うと、春子さんはにっこり笑って「そこなのよ」と言った。

「現実の清乃さんはもっと背が高くて、ちょうど松本さんと同じくらいの体格だったのよ。なんだかあの絵の彼女はやたら儚げに仕上がっちゃってさ。髪の毛は海彦がなんとかするから大丈夫」

春子さんはそう言って、父に目配せをした。父が美容師だったのはもう二十年以上前の話で、今は自分の髪にさえ櫛を通していない。

「できるの？」

そう聞くと、父は黙って頷いて、くたびれた革のシザーケースを鞄から出した。手ぬぐいをピロティの上に敷いて、黙々と鬢付け油や簪らしきものを並べる。その様子を春子さんは上機嫌に見て「さ、着付けするわよ」と言った。

ダイニングルームに入って服を脱ぐと、春子さんは補正もせずに長襦袢と赤い着物をざっくりと着せて帯をぐるぐる巻いた。着付けが終わると、今度はピロティの階段に座って、父に髪をぐいぐい引っ張られた。父がなにやら頭上で複雑な動きをしている気配を感じたが、誰も鏡を持ってきていなかったので、どんな状態になっているのか分からなかった。

　髪が仕上がると、春子さんの指示通りに庭を何往復か歩いた。モデルの経験は一切なく、視線をどこに向けたらいいのか迷う。

「こっちを見てくれればいいわ」

　春子さんは静かな声でそう言った。言われた通りに彼女を見ながら歩くと、春子さんはスケッチブックに何枚も私の姿を写し取った。

　人に見られながら歩くというのは、ふわふわして不思議な心地だった。父が春子さんの後ろに立って、不安げな顔で私たちを交互に見ている。春子さんは私だけを見つめているが、不思議と視線は合わない。春子さんの目は私を通り越して、遠い過去を見ている。

「海を歩いた時の清乃さんの一丁羅はもっと上品な色で、睡蓮（すいれん）が描かれていたんだけどね」

　春子さんはスケッチの手を止めないまま、ぽつりと言った。

「晴れ着で海に行かれていたんですね」

　そう言うと、春子さんは顔を上げて、今度は私の顔をはっきりと見つめた。その目つきは、いつもの飄々（ひょうひょう）とした皮肉っぽい笑みを含んだ目ではなく、真っ直ぐだった。

「清乃さんと二人で、どこまでも逃げようとした時があったの。清乃さんは一番高い着物を着て、それを地味な羽織で隠して、大切な髪飾りや帯留めを全部バッグに詰め込んで出かけた」

「どこに逃げようとしたんですか？」

　そう聞くと、春子さんは苦笑して「行くあてはなかった」と呟いた。

「二人ともお金もないし、結局浅間神社に隠れていたのよ。こういう暖かい季節だったから外でも辛くなかったし、茶屋でちょっとした食事をするお金はあったのね。昼間は海辺をひたすら歩いて、夜は神社で寝た。あの時は、他所からきた観光客が沢山いたからね、誰にも何も言われなかった。遠浅の海は沖に向かっても足元を少し濡らすだけで、青色しか見えない清潔な風景の中を、どこまでも歩いていける気がした。もっと遠くに逃げなくていいのって聞いたら、彼女はこれ以上遠くに行けないと言っていたわ。あたしも、海を見ているだけで十分親たちから離れた気分になった」

春子さんの言葉に、父の顔が強張っていくのが見えた。これは以前父が語っていた、春子さん失踪事件の時の話なのだろうか。私と目が合うと、父は無言で口を動かした。『余計なことを聞くなよ』と言っているのだろう。しかし折角春子さんが話したい気持ちになっているのに、詳しく聞かない理由はない。

「その逃避行は、何日ほど続いたんでしょうか」

そう聞くと、春子さんは首を傾げた。

「多分、一週間もなかったんじゃないかしらね。お金は尽きて、浅間神社の人にも見つかりそうになったから、家に戻ったの。帰ってきたら誘拐だのなんだのってみんなが騒いでいて、警察までいて、こっちが驚いたわ。でも……あたしは、清乃さんと出かけてたってことは誰にも言わなかった」

「どうして言わなかったんですか?」

私が質問すると、春子さんの視線はふわりと私から逸れて、虚空を見つめた。

「手がかりを残しちゃいけないと思ったのよ。清乃さんはそのまま、一人で遠くにいったから」

「遠く……ですか」

「そう。遠すぎて、どこに行ったのかあたしは知らない」

この逃避行の話は少し不思議だ。まだ大人になっていない、他所の家の子を連れ出せないのは当たり前だが、それならどうして何日も近所の海辺を彷徨ったのだろう。途中までは、一緒に遠くに連れて行くつもりだったのだろうか。

「正直に言うと、あたしは家に帰ってほっとした」

春子さんはぽつりと呟いた。

「逃避行の途中で、あたしは少し怖くなっていた。このまま海辺を歩いてどうやって生きていくんだろうと思った。清乃さんも辛かったのね。顔が時々はっとするほど歪んで、醜く見えることさえあったのよ。あたしは最後は帰りたがっていたから、彼女はあたしを置いて一人で行った。あたしは、彼女を一人で行かせたことを、後悔している」

彼女はそう言って、再びスケッチに集中した。彼女は悔いがあるから絵筆をとる。春子さんはきっとまだ彼女を待っている。青い海辺はもうないし、清乃という女性もこの世にいないかもしれないが、取り返したい時間を何度も反芻している。当時少女だった春子さんが、どうしたら友人を助けることができたのか、きっと答えは出ない。だから彼女は絵を描くしかない。

作品は、無力な存在に残された最後の砦(とりで)でもある。

春子さんは一時間ほどでスケッチを終えて、「ありがとう」と言って私と握手をした。再びダイニングルームに入って、一人では持ちきれない長さの帯をくるくると解いてもらった。赤い着物も長襦袢も脱いで、二人がかりで丁寧に畳む。春子さんは着物をエコバッグに仕舞いながら、小さな声で言った。

「玉子さんも誰かをずっと待っているみたいだった。だからこそ、あたしは玉子さんと一緒にいるのが心地よかった。同じような気持ちを持っているような気がして」

春子さんはピロティでぼんやり顔で待っている父をちらりと見た。彼は祖母の過去をほとんど知らない。私も今まで何も知らなかったし、知ろうとも思わなかった。祖母の過去は街の薄暗がりに散らばって、数十年の時を隔てた今、私に手招きをしている。


春子さんと父を見送ってギャラリーに戻ると、瞼の裏で赤い光が明滅した。芝生を長時間見つめていたせいだろうか。深紅は鮮やかな緑の補色でもある。全くイメージの異なる光の中にも、赤は現れる。

給湯室で冷たい麦茶を淹れて、ふらふらと館長の机に戻ると、手が書類の山に引っかかって大規模な雪崩を起こした。

「もう……」

机の上に、イベントの企画書や個展の招待状、書籍、大小様々な封書、千葉日報のバックナンバーが派手に広がる。異なるサイズのものを一緒くたにして地層を作ろうとするから雪崩が起きるのだ。

まずはＡ４サイズの書類と千葉日報を分別して、文具の棚からクリアファイルを取り出してまとめる。展覧会の招待状は、とっくに会期が過ぎているものがいくつもあったので、それらもまとめて別のクリアファイルに入れた。

時折書類の合間から出てくる菓子の袋に苛々しながら作業をしていると、電話が鳴った。

「どう？　宿直室の寝心地は」

館長が電話口で呑気な声で言った。

「伝兵衛邸で寝させてもらってます。隙間風が気になりますね」

「あんなところで寝てるの？」

「ここでじっくり暮らしている間に、地下室の絵のことを調べたいと思っているので、なるべく近くで過ごしたいんです」

「なるほどね。そういえば、一昨年地下室の絵の話が千葉日報に載ってから手紙が何通かきたんだけど、全然返事書けてないから、代わりに書かない？　僕の机に封筒があるから。作家さんの取材依頼とか、歴史マニアの推理とか、はたまた記事の感想とか……千葉日報に送ればいいのにねえ」

「どの封筒ですかね」

素っ気ない茶封筒から花模様の洒落たレターセットまで、多種多様な封筒が雪崩の中に埋もれている。

「色々あるから、適当に読んじゃって。他の仕事が忙しかったら、やらなくてもいいし。だいぶ時間が経ってるから、手紙出した方も忘れてそう。はは」

館長はのんびりした声でそう言って、最後に私の健康確認をしてから電話を切った。万が一容体が急変したら大変だから、毎日生存確認をすることになっているのだ。

遠慮なく封筒をどんどん開けていくと、一際分厚くて、中心部が不格好に膨らんだ封筒を見つけた。雪崩の下層に位置しており、これのせいで書類の山が崩れやすくなっていたのだろう。拾い上げて宛名を見る。そこには、気になる文字が書いてあった。慎重に封を開いて中を見ると、薄い和紙の便箋(びんせん)が二枚と、カセットテープが入っていた。

このテープを聞かなければいけない。そう思ったがなかなか再生機が見つからず、ギャラリー中を大掃除して、二日目に物置の最も古い地層からラジカセを発掘した。慎重に埃を払って、封筒に入っていたテープをセットする。しばらくすると、ざらざらと空間に砂粒をばらまいたような音と共に、生々しい声が響き渡った。

⁂

## 1945年7月

恐ろしい夢を見た。私は大きなお屋敷の中で何かから逃げ回っていた。蓮の花咲く美しい庭をぐるりと囲む回廊沿いに、部屋がいくつも連なっている。私は花刺繡が施された薄布の間仕切りをくぐり抜けて、部屋から部屋へと走り抜けた。豪華な唐草模様の絨毯、竹細工の鳥籠、中央に置かれた大きな椅子。部屋は全て無人で、同じような家具が置かれている。

――死んだ人たちの部屋だ。

直感的にそう思った。全速力で次の部屋に入ると、他の部屋よりも明るくて、あたたかい雰囲気だった。部屋の隅の丸机には、湯気の立つ茶碗(ちゃわん)が置かれている。部屋の中央に置かれた椅子を見ると、浩さんが座っていた。彼女は呑気ににこにこ笑っている。

「こんなところにいたらだめよ。あなたもじきに亡霊になる」

そう言ったが、浩さんは首を傾げるばかり。彼女の手を握ると、陶器のように固くてぎくりとした。彼女の皮膚から刻々と血の色が失(う)せていった。眼球は漆黒から夜明けのように明るくなって、青白い石になった。これは彼女によく似せた人形だ。本物の浩さんはどこにいるのか。丸机の上の茶碗をもう一度見たら、乾いて灰色の埃が降り積もっていた。この部屋の住人が死んでから、とても長い時間が経っている。床が嫌な音を立ててひび割れて、粉々の白い砂浜になった。砂はずぶずぶと私の足を飲み込んでいく。

はっと目が覚めた。視界に広がっているのは見覚えのある木の天井で、青い月明かりに照らされている。蓮池の夜はいつもどこかの店の提灯明かりが見えていたけれど、灯火管制が敷かれてから本当の月の色を知った。

傍らの布団に手を伸ばし、真砂がそこできちんと寝ていることを確認すると、警報の音が響いた。

「嫌だわ……」

夜中の空襲警報ほどうんざりするものはない。警報に慣れて防空壕に行くのを億劫（おっくう）がる人もいたけれど、先月ついにこの街にも爆撃があって、工場の作業員や学生が死んでしまってからは、みんな毎回必死で避難するようになった。

私は寝ぼけ眼の真砂の手を引いて防空壕に向かった。部屋から一番近い防空壕はもう満員で、申し訳なさそうな顔で断られた。その時はまだ戦闘機の姿は見えなかったので、皆の雰囲気には余裕があった。真砂が仲良くしている子供が穴ぐらの奥でひらひら手を振って、真砂が微笑みながら「またね」と言った。

別の防空壕に向かおうとしたが、蓮池の中心地は人がごったがえしていたので、川に向かって走った。街の南側を流れる川は蛇行して海に流れ出る。川の向こう側は鬱蒼（うっそう）とした森が広がっていて、大きな大学病院もあり、隠れる場所が多そうだ。川を渡る橋の上で、避難者を誘導している人もいる。

真砂の手を引いて早速橋を渡ろうとした瞬間、タタッと軽快な音が聞こえた。誰かが何かを落としたのかと思って周りを見回すと、大きな悲鳴が響き渡った。先ほどまで避難誘導していた男の人が、地面に突っ伏して、腹のところから真っ黒い液体がじわりと滲み出ている。

機銃掃射だ。みんなが一斉にどこかに走り出して、私は慌てて近くの雑木林の中に入った。大きな岩を見つけて、その陰に隠れながら真砂をしっかり抱きしめた。上を見ると、折り重なる葉影の合間に、巨大な黒いものが通り過ぎる。

どおん、と大きな音が聞こえた。蓮池の方から、何度も爆撃の音が聞こえる。先月の空襲は、街から少し離れた軍事鉄道の工場が標的で、多くの作業員が亡くなった。二度目の今日は繁華街が標的なのだろうか。蓮池なんかに爆弾を落としたって、どうせ戦争に行けない年寄りか女しかいないのに。

息を殺して爆撃の音を聞いていると、真砂が私の着物の袖を引っ張った。真砂は小さい頃から大人びているが、実は大の怖がりだ。きっと暗い森が恐ろしいのだろう。しかし今はもっと恐ろしいものが空にいるのだから、迂闊(うかつ)に出ていけない。太陽と月の光が降り注ぐ空からいま、人を殺戮(さつりく)する火が降っている。

「赤い……」

爆撃の音が一旦止むと、真砂がそう呟いて、雑木林の外を指さした。空が燃えるように赤く光っている。夕暮れの橙(だいだい)色ではなく、夜明けの菫(すみれ)色とも全く違う、濁った醜い赤色だ。大規模な火災が起きている。存外火は近いのか、逃げ惑う人々の怒号が聞こえてきた。

　思い切って雑木林を出ると、川のすぐ向こう岸まで火が迫っていてぞっとした。爆弾はもう少し遠くに落ちたような気がしていたのに、こんなに近くで建物が燃えていたのだ。人々は少しでも火のないところに押し寄せようとして、鮨詰めになって動けなくなっている。そうこうしているうちに火は他の建物に燃え移り、どんどん広がっている。叫びながら川に飛び込む人の姿が何人も見えたが、既に火傷を負って死にかけていたのか、一向に上がってくる気配がない。

　私は真砂の手を引っ張って、海に向かって走った。足の痛みも忘れて、ひたすら静かな方に向かう。蓮池方面の空は依然として赤く燃えたままだが、稲毛の別荘地まで来ると、空襲など嘘のように何事もなかった。波が砂をかき混ぜるきゃらきゃらという音が聞こえる。

「鳥さんがいる」

　真砂が小さな声で言った。浅瀬にぽつぽつと丸く太った水鳥の影が見える。水鳥は飛行機を恐れていないのか、興味も持たないのか、平然と夜の狩りを楽しんでいる。彼らは肉食で、小魚や砂の下のうぞうぞとした生き物を取って食べる。ふと、これから川を伝って流れてくるであろう人間の死肉も食べるのだろうかと思う。

　全て私の悪夢で、ただ真砂と夜の散歩をしているだけだったらいいのに。そう思いながらとぼとぼ歩いていたら、自然と足は浩さんの家に向かっていた。彼女がいないことは承知で門扉の前まで歩いていくと、やはり固く閉ざされて、しいんとしている。分かっていたことなのに、突然月が隠れたように、目の前が暗くなった。

　私の足が完全に歩みを止めると、真砂はくいと袖を引っ張って「あそこで寝よう、お母さん」と、やけにくっきりとした声で言った。彼の指さす方には、稲毛で一番大きな浅間神社がある。

　神社を取り囲む立派な松林は黒々とした闇を抱えていて、普段の真砂だったら進んで近づく場所ではないが、彼なりに、私たちが生き残る術（すべ）を考え始めたのだろう。

　二人で境内に入ってみると、本殿の方から女の人が出てきて、私たちを見て目を丸くした。

「大変だわ」

　彼女はそう言って私に駆け寄ると、私や真砂の体を触って点検した。必死に逃げている間に顔も着物も煤（すす）や土にまみれて、ひどい状態になっていたらしい。私たちに怪我がないことを確認すると、女の人はほっと息を吐いて、私たちを本殿に案内した。畳に座り込むと地面から引っ張られるように体が倒れて、私は真砂を抱きしめて眠りに落ちた。

　目が覚めた時には、日がかなり高く昇っていた。神主と奥様に礼をして昼ごろに蓮池に戻ると、街はすっからかんになっていた。昨日の火災の様子から、ある程度大きな被害は想像していたが、ここまで容赦なく焼き尽くされているとは思わなかった。

　私の店は勿論、蓮池で一番大きな料亭も置き屋も、浩さんとぽん太姐さんと氷を食べた茶屋も全部無くなっている。あちこちに黒焦げになった木材が地面から生えているけれど、何が何だか分からない。焼死体を見ることを覚悟していたが、既に運び出されたようで、千葉神社だった場所から煙が立ち上っている。死体を焼いているのだろう。

黒焦げになった柳の木の側で、町内会長が頭に鉢巻を巻いて、女衆や年寄りに指示を飛ばしているのを見つけた。早くも木材を運んできてバラックを建てようとしているらしい。近づいていくと、町内会長は目を大きく見開いた。

「玉子、真砂、無事だったのか。よかったよかった」

町内会長はそう言って、ぽんぽん、と肩を叩いた。その手のひらには布が巻かれている。逃げる時に火傷を負ったらしい。

「木材運びでもなんでも手伝います」

私がそう言うと、町内会長は「さすが大工の嫁だね」と言った。夫は正確には左官屋だが、他所の町の出身だしほとんど蓮池に居ないので、町内会長にはあまり覚えてもらえていない。

大工ほどではないが、簡単な建物なら建てられると言っていたから、今ここに居てくれたらどんなに心強かっただろう。夫は今年の初めに戦争にとられた。彼も何度も爆撃の音を聞いているのだろうか。あの恐ろしい飛行機の影を見ているのだろうか。

昨夜の記憶を振り払うように必死でバラック作りを手伝っていると、気づけば焼け跡に幾人もの臨時の大工たちが集まっていて、あちこちで簡素な小屋を建て始めた。その周りで女たちが子供の面倒を見たり炊き出しをしたりして、顔馴染みの女将や芸者の姐さんも見つけてほっとした。誰が亡くなったのか分からないまま、街の人たちは一刻も早く自分たちの生活を取り戻そうと動き出していた。

「焼き芋だわ」
芋畑を掘り起こしていた姐さんがそう言って、黒焦げになった芋を高々と持ち上げて見せた。ぱかっと折ると、火が通って中が金色になっている。大規模な火災によって、畑一面がいい塩梅に蒸し焼きになったらしい。姐さんが子供たちを手招きすると、みんなはしゃいで芋を掘り返し始めた。

その日は焼き芋とおかゆを少し食べて、大工の人たちが作ってくれた小屋に真砂と二人で落ち着くことができた。一応、ここが私の店の跡地らしいのだが、見る影もない。神社から譲ってもらった蠟燭（ろうそく）に火を灯して、真砂の顔をじっと見つめる。

「お腹すいたね。明日はどこかにきちんとしたご飯を探しに行こう」
私がそう言うと、真砂はこくりと頷いた。今日一日、彼がほとんど言葉を発していないことが気がかりだった。もともと寡黙な性質だが、街の馴染みの人たちと会っても挨拶一つ出てこなかった。

「痛いところはない？」
そう聞くと、真砂はまた無言で頷いた。痛い、ひもじい、怖い、辛い、悲しい、なんでもいいから声が聞きたいのに、真砂は真っ直ぐな目で私を見つめるだけだ。

とんとん、と小屋の戸を叩く音が聞こえた。正確には、戸の代わりに垂らしたボロ布の上の、横木を叩く音だ。誰だか知らないが、礼儀正しく丁寧な音だから強盗ではないだろう。どうせ盗（と）られるものもない。「はい」と返事をすると「お邪魔していい？」と言いながら、ぽん太姐さんが入ってきた。

「ぽん太姐さん！　よかった、無事だったのね」

そう言うと、ぽん太姐さんがにっこりと笑って頷いた。その腕には、しっかりと生まれたばかりの赤ん坊も抱かれている。ぽん太姐さんはつい先月、大学病院で子供を産んだばかりだ。生まれてすぐに一度顔を見に行ったけれど、とても疲れて億劫そうだったから、しばらく遊びにいくのは遠慮していた。

「あなたも元気そうね、一雄（かずお）」

そう言って赤ん坊に挨拶すると、ぽん太姐さんが愛おしげに見下ろして、柔らかい頬を優しく突っついた。

「うちもねえ、母屋はほとんど焼けちゃった……でも、土蔵は無事だし、ここらへんよりは、ましかもね」

ぽん太姐さんは一雄をゆらゆらと揺らしてあやしながらそう言った。顔色は青ざめて、髪の毛はひどく乱れているが、それは私もお互い様だ。ぽん太姐さんも一雄も目立った火傷や傷はなさそうで、一雄はすやすや眠っている。真砂が少しだけ微笑んで、赤ん坊の顔を見上げている。

「本当によかった。座って。何もないんだけど」

「お腹空（す）いてるでしょう。土蔵からいくつか羊羹を持ってきたから、食べてよ。あと、着物も持ってきたの。明日、布団も取ってきましょう。本当に嫌になっちゃう……信じられないわね」

ぽん太姐さんはそう言って、崩れ落ちるように膝をついた。涼しげな表情を浮かべているが、顔色が紙のように白い。私は羊羹を切ってまず彼女に渡した。次に真砂に食べさせると、最初は遠慮がちに口をつけていたが、やがて一心不乱に咀嚼し始めてほっとした。

近頃は、私たち庶民がこの味にありつくことはなかった。羊羹を食べるのが久しぶりすぎて、口の中が一瞬燃えるように熱くなったが、しばらくすると甘さが舌に馴染んで、じわりと染み渡る。

「ちょっと、泊めてくれない……」

ぽん太姐さんはそう言うと、私が頷く前に、地面に茣蓙を敷いただけのごつごつしたところに寝転がった。ほとんど意識を失いかけているが、一雄の頭が接する部分だけは自分の着物の袖を敷いて素早く整えている。しなやかな獣のような仕草だった。

「ねえ、文雄は?」

そう聞くと、彼女はほとんど目を閉じながら「土蔵で寝てる」と言った。

「あそこは狭くて一人しかいられないし、周りに誰もいないから恐ろしいのよ。このあたりの方が、みんないて、賑やか……」

ぽん太姐さんはつらつらと語りながら、寝息を立てた。私と真砂はゆっくり嚙み締めるように羊羹を食べた後、残りを大事に包んで茣蓙の下に隠し、彼女と赤ん坊を挟むように横たわった。

翌日の早朝、ぽん太姐さんはおもむろに「荷物を取りにいくわ」と言った。まだ日が昇りきっていないが、文雄や家の財産が心配なのだろう。私も文雄が気になるので、一緒について行くことにした。真砂はぐずぐずと寝たがったので留守番になった。

既に食料や資材を持った人がぱらぱらと動き出していて、建物が無いことを除けば、普段の活気が戻ったようにも見える。私が子供の頃に起きた大震災とは違って、空襲の被害は限定的だ。無事だった隣町からどんどん応援がきて、既に食堂のようなものを作ろうとしている人もいる。

「みんな死んだわけじゃないのね、よかった」

ぽん太姐さんはそう言って、街行く人々をぼんやりと眺めた。その横顔を風が通り抜けて、乱れた黒髪がふわふわと揺れた。着物は地味な焦茶の絣で、もんぺは芸者衆お揃いの黒に近い濃紺だ。煤や埃がついて全体的に汚れているが、それは私も、街のみんなも同じ。しかし、彼女の胸元には、べったりと黒っぽい染みが広がっている。昨日の夜は暗くて分からなかった。

「ぽん太姐さん、大丈夫?」

私がそう聞くと、彼女はきょとんとした顔をして、私の目を見つめた。

「着物がすごく汚れてる。痛いところはない? 怪我をしているんじゃないの」

私がそう言うと、彼女はじっと自分の胸元を見下ろして、ふふ、と笑った。

「あんた目がいいわねえ。さっきすれ違った憲兵は、全然気づかなかったのに」

彼女は感心したように言った。

一夜にして数えきれないくらい大勢の人が死んだ。怪我をしたり、死体を運んだりして着物が汚れた人はそこら中にいる。しかし彼女の胸元の染みは、そういう汚れとは明らかに違っていて、風景の中でいやにはっきりと浮かび上がっている。

「何をしたの」

そう聞くと、ぽん太姐さんはため息を吐いた。

「警報で目が覚めた直後に、母家から一気に火が出て、お義母さんたち、みんな、助けられなかったの……。私と文雄とこの子はどうにか外に出られたけど、あちこちから火が出て、家が崩れて、防空壕の入り口も塞がれてしまった。とりあえず……無事だった土蔵に避難して、外の様子を窺っていたら、文雄が懐からナイフを出した。彼が好きな……西洋風の、美しい、それで一緒に死のうって言うの。これからまた爆弾が落ちるかもしれないから、瓦礫の下敷きになって焼け死ぬより、今すぐ死にたいって言うの……」

「変だわ。死ぬのが怖いから、死にたいなんて」

「そう、馬鹿げた話……。お義母さんたちが焼け死ぬ時の、むごい姿が、恐ろしかったのね……。でも、私は生き延びたいと言った。そうしたら、文雄はナイフをこの子に向けたの。親が死んだら、一雄は一人きりでは生きていけないからって、この子を最初に殺そうとしたの」

ぽん太姐さんは言葉を紡ぐたびに早口になって、眼球に透明な水の膜がふわりと張った。

「だから私は文雄の手を摑んだの……。どうしてそんな恐ろしいことをするのって、ナイフを奪おうとしたら、彼がものすごい力であたしを押し倒した。そうしたら、一雄が床に落ちて、とてつもなく大きな声で泣いた。声が響き渡ると敵に狙われるからと言って、文雄はこの子を叱りつけた。一雄が可哀想だった。私は、彼の動きを全部止めないといけなかった……。私、何もしていない……ただ文雄の手を摑んだ」

ぽん太姐さんの言葉は徐々に意味をなさなくなった。私は「分かった」と言って、彼女の肩を叩きながら文雄の店に向かった。

ぽん太姐さんの話の通り、母屋はほとんど焼け落ちているが、土蔵はところどころ焼け焦げながらも、どうにか姿をとどめている。ぽん太姐さんはふらふらと土蔵に近づいて、鍵を開けた。文雄はまだ土蔵の中で「眠って」いるのだろう。彼がどんな姿になっているのか、思い描いてしまったら一歩も動けなくなるような気がして、あえて頭を真っ白にして、戸をぐっと開いた。

まず目に入ったのは、砂糖や米など、市民が喉から手が出るほど欲しがっている食料の山だった。ああ、こんなに沢山あるのかと思いながら、徐々に視線を土蔵の奥へ移す。米俵や葛籠の隙間にぽっかりと空間があって、そこに、鈍色の着物を着た男が倒れていた。

男が倒れているとすぐに分かったのは、そこに文雄がいると知っているからだ。ぽん太姐さんの話を聞いていなければ、古布の山がまとめて置いてあるようにしか見えなかったかもしれない。文雄の体の上には、頭や手を隠すように羽織がかけられている。

「文雄」

呼びかけても彼はぴくりとも動かない。私は恐る恐る近づいた。文雄の体はうつ伏せになっていて、体の下にどす黒い血だまりが見えた。空襲の時に橋の上で撃たれた人の姿が脳裏に蘇って、目を背ける。

「憲兵がきた」

土蔵の入り口に立っていたぽん太姐さんが、小さな声でそう言った。間もなく、ざくざくと砂を蹴散らす靴音が聞こえてきた。空襲に限らず大きな火災が起きると憲兵の見回りが強化される。焼け跡で盗みや暴力を働く不届きものをしょっぴくためだ。

お国が大変な時に、私利私欲で窃盗や傷害事件を起こすのは国家への反逆と捉えられて、平時よりも重い罰を受けると聞いたことがある。

「文雄のことは、誰にも見られてないのよね」

私がひそひそと問いかけると、ぽん太姐さんは頼りない声で「多分……」と言った。

私は土蔵を見回し、文雄が倒れている壁の反対側に、大きなキャンバスが置いてあるのを見つけた。画面を傷つけないように壁に向けて置いてある。すぐに浩さんの絵だと分かったけれど、もう時間がない。それを引っ摑んで、文雄の体の前に立てかけた。

次の瞬間、二人組の憲兵がぬっと土蔵を覗き込んできた。彼らは私たちの姿を見て眉をひそめた。

「何をしている」

そう聞かれると、私は驚くほど自然に「片付けをしています」と答えた。すると、憲兵は絵に目を留めて「それはなんだ」と聞いた。

「先代が画家に描かせた絵です」

滑らかに嘘が口から出た。文雄の死体を見た時の衝撃が大きすぎて、憲兵二人を相手にするのが容易く感じられる。憲兵は怪訝そうな顔でこちらをじろじろ見た。芸術品を贅沢品とみなして取り締まることもあると聞いたが、ここは花街。もっと贅を凝らした絵画や工芸品はいくらでもあって、それは軍人や政府高官を楽しませるので黙認されていた。彼らは不機嫌そうな顔をしていたが、しばらくすると無言で立ち去った。

「とりあえず、出直しましょう」

私はそう言って、ぽん太姐さんと急いで土蔵を出た。

今はこの街の見晴らしが良すぎるし、憲兵も見回っているから文雄の死体は動かせない。可哀想だが文雄には当分あの土蔵で待っててもらうしかない。彼の体をどうしたらいいのか分からないけれど、ぽん太姐さんが牢屋に入れられることだけは避けなければいけない。

‡‡‡

## 2020年5月

――それで……小屋に戻ると、真砂はどこかの子供と小石を並べて、楽しそうに遊んでいたのね。私はほっとしたの。私と真砂と、ぽん太姐さんと一雄の四人でしばらく暮らすことにした。暮らしといっても、何もない掘立て小屋では炊事もできないから、私は町内会長のところに通って、街の、復興の手伝いをしたのね。大工仕事の材料を運んだりとか、ご飯の準備とか……。誰も彼も死んだから、文雄の安否を心配する人はいなくて、ぽん太姐さんの殺人は露見しなかった。

潮騒に似たノイズの中で、老女が訥々と昔話を語っている。クリアな電子録音より肉声に近い気がするのは何故だろう。蓮池の花街、ぽん太姐さん、嵯峨浩、戦争のこと。つい最近まで原稿用紙で読んでいた風景が、目の前に鮮やかに広がるようだ。

祖母の声は、なんとなく高くて可愛らしい声を想像していたけれど、意外に低くてしゃがれていた。笑う時は少し皮肉っぽい感じで、どこか春子さんにも似ている。

途中から、黒砂さんが発掘した原稿で語られていない話が出てきた。テープの中で、祖母は空襲と、その後の恐ろしい出来事を告白していた。これが本当なら、殺人にこそ加担していないが、死体遺棄には関わっていると言えるのではないだろうか。

息を止めてじっと耳を傾けていると、庭で物音がして慌ててテープを止めた。窓の外を見ても誰もおらず、庭の緑はいつもと同じように明るく輝いている。風の音か、外を通る車の音だったのかもしれない。正勝さんが緻密に刈り込んだ植え込みが今日は妙に人間くさく見えて、こちらの様子をじっと窺っているような気になる。

私はテープが入っていた封書を見つめた。差し出し人は元千葉日報の記者で、『蓮池物語』のインタビューをしていた人だという。彼はこのインタビューが地下室の絵に関係があるからぜひ聞いてほしいと手紙に書いていた。

元記者は『玉子さん』の話に惹き込まれてインタビューを続けたはいいものの、途中から全く公開できない話になったから、書き起こしすらしなかったと書いている。

しかしテープを捨てるのも躊躇われて密かに持っているうちに、『玉子さん』が亡くなってしまって、捨てるタイミングを逃した。

もう自分も老い先短く、このまま墓場に持っていくのかと思っていたところに懐かしい場所のニュースを見て、誰かと過去を検証したくなったらしい。封書の消印は伝兵衛邸の記事が出た数日後、二〇一七年の秋だ。彼は、インタビューに登場する浩の絵画が、伝兵衛邸の地下室の絵画ではないかと思っている。しかし私と同じように、画題が違うことに疑問を抱いている。

——可能であれば、絵の写真データを送ってください

手紙にはそう書いてある。千葉日報の記事は私も図書館で一度確認したが、絵についてはほとんど何も判明していないので、伝兵衛邸の紹介に終始していた。写真も小さいモノクロ写真が一枚だけで、絵の手前に館長と学芸員が立ち、肝心の絵がよく見えなかった。しかし実物をきちんと見たところで、疑問はますます膨らむばかりだろう。

テープの続きはまだ残っているけれど、聞くのが怖い。池の鯉がぴちゃんと水を鳴らして催促したので、私は深呼吸をして、ひとまず鯉に昼食を与えた。ぱらぱらと餌を撒いていると、

「おーい」という声が耳に届いた。また風か車の音かと思ったが、今度は「ひかりちゃん」というはっきりした単語が聞こえる。門の方を見ると、正勝さんと浜中さんが立っていた。

「ピクニックしようよ」

正勝さんは高らかに言った。もう隔離中だと注意する気も起こらない。

「展示準備は大丈夫なんですか？」

マスクをして、遠いところからそう聞くと、彼はにっこりと笑って頷いた。

「大体終わりは見えたから、残りはひかりちゃんが復帰してからやるよ。これ、近所のレストランが客が減って困ってるって言うから買ってきた」

正勝さんはそう言って、庭のベンチにオードブルの箱とパンを置いた。浜中さんは「お茶を淹れてきますね」と言って、すたすたとギャラリーの中に入ろうとしたが、ラジカセを見られるのが嫌で、私が代わりに淹れた。お茶を持って戻ると、正勝さんは早速エビのゼリー寄せをぱくりと食べて「美味しいよ、ほら」と差し出してきた。

「今日はね、暇だから朝から浜中さんと実家の片付けをしていたんだ。彼女は祖母が一番可愛がっていた弟子だったからね。着物とか道具とか、気になるものは先に持っていってもらおうと思って……。祖母は、浜中さんがいつか後継者になってくれると思っていたんじゃないかな」

正勝さんがそう言うと、浜中さんは首を振って「力不足すぎます」と言った。

「私に教室を継がせようなんて、思っていませんでしたよ。先生は優しいから、私が不出来なのを慰めてくれていただけです」

「情の厚い方ですね」

　私が椹木先生に会ったのは幼い頃だったので、会話はしていない。見た目は迫力があって少し怖かったが、祖母を見つめる目は静かで優しかった。祖母はほとんど話ができなくなっていたので、お見舞いに来た彼女も声を発していなかった。

「あの通り華やかでエネルギッシュなので、生徒のためにとにかく色々動いてくださる方でした。時々、お節介なくらい」

　浜中さんはそう言うとくすっと笑って、正勝さんも苦笑した。椹木先生の本来の性質は、見た目の通り派手で押しが強かったらしい。

「先生と仲のいい元芸者の方がいましてね、その方が時折宴会で舞ってくださる踊りが素晴らしかったので、私は踊りを教えてほしいと言ってみたんです。でも、その方はもう高齢だし、芸者になるわけでもない人間に教えたって仕方ないと言って、断られました。それでちょっとがっかりしていたら、先生が勝手に『新春演芸会』の参加申し込みをして、それを口実に、教室のみんなで元芸者の方に踊りを教われるように取り計らってくれました」

　有難いのか迷惑なのか微妙なエピソードだ。

「あの演芸会で踊ったんですか」

「はい。私は下手くそでしたけど、当時一番の若手でしたから、みなさん褒めてくださいました。おかげで、この街に馴染むことができましたよ。お花の世界は、若い頃から勉強していた油画とは全く毛色が違うけど……人間関係が狭いからこそ、お互いに花とは関係のないことも相談して助け合っていました」

浜中さんがぽつぽつと語ると、正勝さんがサンドウィッチを食べながら「初耳だなあ」と呟いた。

「浜中さん、油画をやっていたんですね。俺が美大受験をしている時、何も言わなかったのに」

「全然大した描き手ではなかったので、正勝さんに言うことなんて何もありませんよ。一応美大にも行ってましたけど、卒業制作で大事に描いてきた絵に教授が勝手に手を加えて、嫌になっちゃって……全然関係ない仕事についてからお見合い結婚しました。卒業してからは、ほとんど描いてません」

浜中さんはやや足早に、淡々と語った。しかし学生時代を語る声には、いつもより熱が籠っているように思えた。

「どんなふうに手を加えられたんです？」

そう聞くと、浜中さんは紅茶を一口飲んで、三日月形の目に鋭い光を宿した。

「私が青い月明かりに照らされた花瓶を描いたら、教授がこんな弱々しい色じゃだめだって言って、花瓶の中に、真っ赤な花を描き足したんです。夜は平等に全ての光を吸収して、何もかも青く見せるのに、こんなのは嘘だと思って、私は泣きました」

浜中さんは訥々と語って紅茶を飲んだ。声は穏やかだが、何十年も前の出来事をこれほど鮮明に覚えているとは、かなり強く恨みが残っているようだ。作品と自分を切り離すことが困難で、しばしば作品への指摘を人格否定だと感じてしまう人は多い。許可なく絵を改変されたら、自分自身を蹂躙(じゅうりん)された気分になるだろう。

「でも後になって見ると、赤い花のおかげで絵に奥行きが出て、良い作品になっていたんですけどね」

「分かるよ。どんなに正しい指摘でも、若い時は自分が一番正しいと思っているから、とにかく許せないよね」

そういった悔しさを何度も乗り越えてきたであろう正勝さんは、浜中さんの苦い過去を豪快に笑い飛ばして、ローストビーフのオープンサンドをむしゃむしゃと食べた。

「ええ、私はただ未熟だっただけなんです。絵を汚されたのが悲しかったというよりは、自分のプライドが傷つけられたのが辛かったんです。多分、このまま描き続けていれば、同じような目に何度も遭って、自分が踏みつけられてぺしゃんこになると思ったんです。今となってはなんとつまらないことで……と思いますけど、当時の私は絵筆をすっぱり捨ててしまいました」

浜中さんは紅茶のお代わりを注ぎながら、寂しそうに微笑んだ。

⁂

赤ん坊の小さな手が虚空に伸ばされる時、何を求めているのか、私は分からないまま手を握る。本当は私の手ではなく、違う何かを摑もうとしていたんじゃないかと思う。真砂が赤ん坊の時は、その不安が常に横たわっていた。しかし真砂は屈託なく笑いながら、一雄の手を摑んでいる。

一雄を世話するようになってから、真砂は明らかに表情が明るくなった。気づいたら以前と同じように言葉も沢山話すようになった。空襲の翌日は全く言葉を発していなくて、今思うと危ない状態だった。一雄も病気をする様子もなく、毎日真砂相手にきゃっきゃと笑っている。

対照的にぽん太姐さんは塞ぎがちになって、日中はただ眠るばかりになった。食べ物もほとんど食べず、ただでさえ痩せていたのに日に日に細くなっていく。私はそんな彼女と一緒にいるのも気づまりだったし、文雄のことを考えるのも気が重くて、街の再建に奔走した。

空襲から三週間経った頃、驚くべき速さで料亭の再建が一つ完了した。すると仕出し屋も置き屋も途端に活気づいて、みんな営業再開に向けて急いで準備を進めた。気づいたら街は以前と同じようにごみごみと建物が密集し始めて、複雑な路地が復活した。私の小屋も近くに廁(かわや)や炊事場が設置されて、このまま髪結いの仕事も始められそうな気がしてきた。

生き生きと動き始めた街に思いを馳せるたび、ふと下から袖を引っ張られるように、文雄の青白い頰が思い浮かぶ。彼の遺体が誰かに見つかった気配はないが、もう腐敗しているだろうし、いい加減この世界から消さないといけない。

「ねえ……土蔵に行きましょう」

ある夜、真砂が寝静まった後にそう言うと、ぽん太姐さんがきょとんとした顔をした。ぼんやりとした摑み所のない表情だけれど、目には不思議な色気があって、ずっと見つめていたくなる。その表情を見ていたら、なんだか懐かしくなった。数年前の彼女はいつもこんな顔をしていたのだ。気づかぬうちに、私たちの表情には根雪のような厳しさが固くこびりついている。

「他の家族も亡くなってしまったんでしょう？ 店はあなたが再建しないといけない。その前に、なんとかしないと……」

そう言うと、ぽん太姐さんはぼんやりとした顔のまま「あたしが……？」と言った。埒が明かないので、ひとまず彼女を外に連れ出して、一緒に土蔵に向かった。

土蔵の戸はしっかり閉じられたままで、異臭も漏れ出していない。袖で口元を押さえながら恐る恐る戸を開くと、土蔵の奥には、私たちが出ていった時と変わらず浩さんの絵が立てかけられていた。月明かりに照らされて、大きなキャンバスは気高くすっくと立っている。絵画はなんて孤独で強いんだろうと思う。暴力から逃げ回り、病に怯え、飢えないために必死に働く私たちとかけ離れた存在だ。

蠟燭に火を灯して、ゆっくり絵に近づいて照らしてみると、思わず悲鳴を上げそうになって、必死で押さえ込んで後退った。ぼうっとしているぽん太姐さんの袖を引っ張って、絵から離れる。

「どうしたのお……」

「絵を見て！」

そう叫ぶと、ぽん太姐さんはぼうっと絵を見つめて「あら、ひどいじゃない……」と呟いた。絵の真ん中あたりにべっとりと血の手形が無数について、さらに指で血を擦り付けるように、赤茶色の荒々しい線が絵の中を縦横無尽に走り回っている。

「文雄……？　生きてるの？」

問いかけたが、いつまでたっても返事はない。私は恐る恐る絵に近づいて、キャンバスを動かした。木枠で布地が支えられているだけの絵は軽くてあっさりと動かせる。その向こう側は、赤黒い血の跡だけを残して、何もなくなっていた。

「文雄の死体がない」

そう言うと、ぽん太姐さんが無垢(むく)な表情で首を傾げた。

誰かが死体を運び出したのか、それとも、実はあの時まだ息があって、自力で逃げ出したのだろうか。私は血で汚れた絵をじっと見つめた。無数の手形はぽん太姐さんの上にばかり集中している。文雄はきっと、あのあと起き上がったのだ。手形は隣に立つ私の胴体にまで侵食しているけれど、私の顔は綺麗に残って、明るい目つきでこちらを見ている。

「折角の絵が台無しだわ……」

ぽん太姐さんはそう呟いて、眉根を寄せた。

私たちは絵を古布でぐるぐる巻きにして、土蔵の奥深くに仕舞った。いつ憲兵にしょっぴかれるかと思ったけれど、私もぽん太姐さんも誰にも捕まらなかった。私とぽん太姐さんは、文雄の存在なんて初めからなかったみたいに子供と四人で暮らしていた。

街の子供たちは小動物のように瓦礫の陰に集まっておしゃべりをしていた。焼け出された当初は焼け跡に集まるしかなかったが、神社の塀が再建されると早速その日陰に移って、新しく料亭が建てば裏手の空き地に集まった。やがて彼らの集合場所は無数に増えて、遊び放題になった。

私の住処は、仮ごしらえの小屋から長屋の一室に変わった。今までとは違って、大きな押し入れも玄関もある。私は意を決して、土蔵に絵を回収しに行った。いつまでもあそこに置いていたら、近い将来誰かに見つかってしまう。心がふわふわとどこかに旅しているぽん太姐さんは家に留守番させて、夜中に一人で絵を運び出した。まだ灯火管制が敷かれて真っ暗なおかげで、誰にも見つからなかった。

絵は押し入れの奥に隠して、手前に仕事道具やぽん太姐さんが譲ってくれた着物を置いた。私の持ち物は浩さんから預かったものも含めてほとんど焼けてしまったけれど、仕事道具だけは持ち出していた。もうこれ以上ひどいことは起きない。これからどんどん良くなる。

生活が少しだけ落ち着いてくると、子供たちの間でなにやら不気味な話をするのが流行り始めた。川からやってくる黒いお化けや、厠に潜む少女の霊など、いかにもすぐ側に出現しそうなものばかり。あれだけ怖い目に遭って、今も不自由な暮らしをしているというのに、子供たちは何故だかさらに恐ろしい作り話を語り合って楽しんでいた。

架空の世界に強い暗闇を作ることで、現実の暗闇が少しは明るく感じられるのだろうか。子供が不気味な話をするのを嫌がる大人もいたが、私は好きにさせておこうと思った。

「廃墟に怖い絵があるんだって」

ある日、真砂が楽しそうに言いだした。どうやら、街の子供の間で今度は絵画の怪談が流行っているらしい。曰く、赤い着物を着た女の絵がどこかの廃墟に置いてあって、それを目撃すると呪われて、絵の中に引きずりこまれてしまうそうだ。

土蔵から絵を移動させる時に、誰かに目撃されてしまったのだろうか。呪いの絵はどうも私たちが隠した絵がモデルになっているようだ。私はいつも真砂の話を聞き流していたけれど、その日は彼の目をじっと見つめて「お母さんも、そんな話を聞いたことがある」と言った。途端に真砂の目がきらきらと輝きだす。大人が真剣に話題に加わって、喜ばない子供はいない。

私は、今となってはとても遠くに感じられる過去の記憶を引っ張り出して、ゆっくりと大袈裟な調子で語った。

「ある大きなお屋敷の中に、決して入ってはいけない開かずの間がある。なぜなら、そこで可哀想な女主人が殺されてしまったから。不幸な死に方をした人の部屋は、呪われてしまうの。でも、ある時女主人と仲良しだった召使いの女が、彼女を懐かしんで、開かずの間に入ってしまった。すると、部屋の中に死んだはずの女主人が立っていて、赤いドレスを着て手招きをしているの。召使いの女は怖いと思ったけれど、どうしても恋しかったから、彼女のもとに歩み寄った。そして……」

「そして?」

「そうね……女主人の亡霊に、体を八つ裂きにされたのよ」

そう言うと、真砂は頰を紅潮させて「怖い話!」と言った。今までのささやかな怪談とは少し毛色の違う物語は、瞬く間に子供たちの間に広まった。見た人を引き摺り込む、という幻想奇譚めいた絵画よりも、凄まじい暴力を振るう女の方が圧倒的に子供たちの興味を掻き立てた。私の狙い通り、子供たちの怪談から「絵画」という言葉が徐々に消えていった。

# 1945年8月

八月の玉音放送は、町内会長が作った食堂でみんなで聞いた。会長が唯一持っていたラジオはざらざらした雑音まじりだし、言葉も難しいし、いまいち何を言っているのか分からなかったが、みんな一応神妙な顔で聞いていた。しかしぽん太姐さんだけは欠伸をして「全然聞こえなあい……」と言って、一雄を真砂に託して外に出ていった。

耳と頭のいい人がどうにか聞き取ってくれて、戦争が終わったことが分かったけれど、それで何がどうなるのか誰にも予想できなかった。米兵に占領されてめちゃくちゃになると泣き叫んでいる人もいたけれど、私たちの小さな街はとっくにめちゃくちゃに焼かれて、大事なものが奪われた。是非とも、米兵が住まう立派な街を作ってもらいたいと思った。街さえあれば、私たちはいつだって路地の暗がりで生きていける。

ぽん太姐さんはその時外に出ていったきり、いつまで経っても戻ってこなかった。一人で遠くに逃げてしまったのか、文雄がやってきて攫われたのか、殺されたのか、もしくは他の暴徒に襲われたのか、色々な想像を巡らせて恐ろしくなったけれど、警察には言えなかった。警察を呼んだら、全ての罪を話さなくてはいけなくなる。

しかしぽん太姐さんがいなくなったと知れると、すぐに警察を呼ばれそうになったので、町内会長と顔馴染みの置き屋の女将には綺麗さっぱり事情を話した。私もろとも警察に差し出される覚悟だったけれど、誰も彼もが黙っていようと言った。

この事件には死体がない。文雄は消えているし、ぽん太姐さんも失踪したとなっては、もう何が真実だか分からない。実際、私もぽん太姐さんが文雄を刺したところを見たわけではない。もしかすると、全部私とぽん太姐さんが見た悪夢で、そんな恐ろしいことは起きていなかったのかもしれない。

⁂

私は地下室に下りて絵を見つめた。正勝さんはこの絵のことを「一貫した意志が感じられない」と言っていた。私は、普通の絵にはない複雑な魅力があると思う。その異なる感想は、一つの方向を指し示しているように思われた。この絵には、歪んだ美しさがある。それは作家が意図したものではなく、偶然生じてしまったものなのではないだろうか。

浜中さんのように、自我を持った描き手の絵に教育者が勝手に加筆するのは、良いやり方ではない。しかし小さな子供の絵には、親や教師が介入した痕跡が見えるものが多々ある。大人はほんの少し直そうとしただけでも、異なる人格の筆致が混ざり合うことで、絵の中に作者が意図しない奇妙な歪みが生じる。素朴さを是とする児童画の世界では眉をひそめられることだが、案外、キメラの歪みが魅力になることもある。

この絵が持つ不思議な引力は、異なる人格の筆致が混ざることで生じているのかもしれない。そう思ってよくよく観察してみると、ドレスと顔の筆遣いの癖が少し違うことに気づいた。どんなに似せようとしても、描き手の身長、筋力、指の長さの違いなどによって、筆はその人だけの個性を表現する。

ドレスは、最初の描き手とは別の人間が、後から描き足したものなのではないだろうか。この絵が浩の作品だとすると、最初はぽん太と玉子が描かれていた。しかし文雄の血痕を隠すために、汚れた部分にドレスを描き足した。今は一人分の顔しか見えないけれど、風に翻るドレスのスカートの奥に、もう一人の肖像があるのかもしれない。絵を裏返して光を当ててみたが、裏側についた血痕のせいで、元の絵は確認できなかった。

地下室から出ると、西日が庭を金色に染め上げていた。燃えるような強烈な光の中で、このお屋敷がどんどん時を遡(さかのぼ)っているような気がした。百年を生きたお屋敷と松林は何も語らずただこの場所に佇んでいる。恐ろしいことも楽しいことも全て見てきたのに、私に教えてはくれない。

ついに隔離最終日になった。前日よく眠れなかったせいか、目が覚めると朝がいつもより眩しく感じられた。格子窓から銀色の光が降り注ぎ、風はなく、樹々も見えない。もう誰も街を移動していないのか、車の音も聞こえず静まり返って、このお屋敷ごと沖に流されたのかもしれないと思う。耳をすませば潮騒が聞こえそうだ。

しばらくじっと青空を見つめたあと、布団から身を起こして伝兵衛邸の掃除に取りかかった。ここには寝に帰るだけだったが、もう私の痕跡があちこちに散らばっている。紙くずだの髪の毛だのを念入りに掃除して、日の匂いが染み込んだ畳を拭いた。ついでに窓枠と雨樋(あまどい)も綺麗にして、最後に玄関に入り込んだ砂を掃き出す。掃除を終えて、電話番をしながら書類を書いている間に、庭に穏やかな薄曇りの夕暮れが訪れた。やがて風景は穏やかな海の色に沈む。

このお屋敷にはいつでも来られるのに、なんだか寂しくなって、最後の夜は庭で過ごすことにした。石のテーブルにラジカセを置いて、手紙を読みながら祖母の声を聞く。テープは昨日最後まで聞いてしまって、別のテープがないかと雪崩の山を探したけれど、見つからなかった。いくら時効とはいえ、祖母がみんなで隠し続けてきた絵画についてここまで詳細に語っているのは、きっと聞き手の記者が自分の正体を明かしていたからだろう。

テープに同封されていた手紙には、いくつか重要なことが書かれている。一つは祖母のインタビューを公開しなかった理由、そしてもう一つは、記者自身のプロフィールだ。決して多くは語っていないが、一言「語り手の友人、文雄の子孫です」と記してある。文雄はやはり生きていて、あの街から逃げてどこかで子孫を残していたのだ。

さらりとした一文を指でなぞる。庭に祖母の声が響く。風に混ざるとますます生き生きとして感じられて、すぐそこでお喋りをしているみたいだ。時折混ざる記者の声は、話し疲れてやめようとする祖母にうまく合いの手を入れながら、飽きさせずに話を聞き出している。

——町内会長は絵なんか早く捨てろって言ったけど、私は絶対に浩さんの絵を捨てたくなかった。戦後の満州はひどく混乱していたから、私はもう彼女は生きていないと思ってた。彼女の置き土産はこの絵だけだったから……。

——浩さんが生きているのが分かったのはいつ頃ですか。

——だいぶ、経ってから。戦後はしばらく……色々あったから、彼女のことを調べる余裕もなかった。絵を守ることが、その時、私の生きる目的の一つになっていた。沢山のものを失ったから、絵まで失うのは、どうしても耐えられなかった。

——絵は、まだ手元に？

——いいえ。夫が戦争から帰ってくることになって、家に置けなくなって、町内会長に相談したら、伝兵衛邸の庭師をしている人を紹介してくれたのよ。それで、伝兵衛邸の地下室に隠したの。敗戦後はしばらくあそこにアメリカ人将校さんが住み着いてたんだけど、庭師も女中も全部昔から稲毛にいた人たちだったの。将校さんなんか忙しいし、仮住まいだから地下室なんか使ってなかったのよね。もともと、使用人たちはこっそりと秘密を隠す場所として使っていたらしいわ。町内会長が話をつけて、協力してもらった。

——皆さんに、事情を話したんですか。

——ぽん太姐さんのことをよく知っていて、同情してくれる人にはね。隠すために秘密を共有するのは、数人で十分。

——それから、絵はずっと伝兵衛邸の地下にあるんですか。

——米軍が撤退して、お屋敷の住人が日本人になってからは、あまり使用人が好き勝手できなかったから、全然様子を見に行けなかった。捨てられてしまったかもしれないわね……。でも、その頃には浩さんが生きていることも分かっていたし、子供も大きく育って、仕事も忙しくなっていたから、それでもいいかと思えたの。町内会長さんも置き屋の女将さんも亡くなったし、あの事件を直接知る人はもう私しかいない。全て終わったの。

――しかし、まだ絵は地下にあるのかもしれませんね。

――どうでしょう。

私はもう何回も聞いた祖母の語りを半分耳に入れながら、石のテーブルに食べ残していた食料を並べた。春子さんが数日前にワインを置いていったことを思い出し、酒器の代わりになりそうなコップをギャラリーの給湯室で探す。アルコールの苦い味が全般的に好きではないのだが、ワインは香りが甘いから喉に一気に流し込めば飲める。

コップに赤褐色の液体を注いで、ぐいっと飲み干そうとした。しかし予想外に喉に焼けつくような甘さを感じて、激しくむせた。父がよく使っている湿布のような、薄荷やらハーブやらの混ざった薬っぽい香りが鼻をつく。ラベルを見ると、神谷伝兵衛が大正時代に作った甘口ワインの復刻版らしい。お洒落な春子さんはこの場所に合わせたものを買ってきてくれたのだろう。

「大丈夫ですか？」

庭に低く柔らかい声が落ちた。振り向くと、門の前にいつものカメラバッグを担いだ黒砂さんが立っていた。私はラジカセを切って立ち上がった。

「どうしました？」

「先日撮り足したインタビューを映像作品に入れるかどうか、相談したくて。伝兵衛邸にいらっしゃると槌木さんから聞いたので、来ちゃいました」

彼はカメラバッグに手を突っ込んで、小さなノートパソコンを取り出した。隔離期間だ、と釘を刺すのも面倒になり、ひとまずテーブルの上のワインと食べ物を端に寄せる。彼はちらりと食べ物を見て「晩餐会ですね」と言った。

「春子さんや浜中さんから色々もらったんです。どうぞ黒砂さんも食べてください」

彼は微笑んで、私の向かいの石の椅子に座った。ギャラリーの給湯室からもう一つコップを持ってきてワインを少しだけ注ぐと、黒砂さんは会釈をして飲んだ。

彼は独特なワインを律儀に飲み干してから、大事そうにコップを傍らに置いて、ノートパソコンを開いた。ぼんやりと青い光が芝生の丘に広がる。映像はよく晴れた海浜公園の砂浜だ。防風林の陰に簡素な木の椅子が置かれて、浜中さんが神妙な顔つきで座っている。

「インタビューの相手って、浜中さんだったんですね」

「愛新覚羅溥傑仮寓で何度かお話ししていたら、どうも何かありそうだと思いまして……」

映像の中の彼女は少女のように可憐に見える。風に揺れる白髪が輝き、輪郭が薄らと海に溶けている。彼女は黒砂さんに質問を投げかけられると、静かな調子で語り出した。

——お花の教室に通い始めて数年経った頃、勝美先生から、絵を修復してほしいとお願いされたんです。ある画家が描いた貴重な絵だけれど、戦時中に起きた不幸な暴力事件で血まみれになってしまったから、血痕を消してほしい……と。絵を見ると女性像の下半分にべったりと血がついていたので、修復は無理だと言いました。すると、先生は違う絵に変えてしまって良いと言ったんです。最初は、おかしな話だなと思いました。貴重な絵が汚れたなら、素人が描き足すより、そのままにしておいた方がいいでしょう。

浜中さんが淡々と語ると、カメラのこちら側で黒砂さんが質問をした。

――暴力事件とは、なんですか？

――何が起きたのか、はっきりしたことは教えてもらえませんでしたが、先生は〝悲しい事件だ〟と言っていました。事件は明るみに出ていないらしくて、犯人の罪を隠蔽（いんぺい）するために、花街の皆さんが協力して絵を隠していたそうです。しかし永遠に隠し続けることはできないから、血痕を消して、堂々と展示できるようにしたかったそうです。

――絵を処分するという選択肢はなかったんでしょうか。

――絵の持ち主が、捨てることを拒んでいたそうです。勝美先生は、幼い頃からその人にお世話になっていたから、役に立ちたかったんですって。先生は早くにお母様を亡くされていたから、その方のことを、母か姉のように慕っていました。

――絵の持ち主の、お名前を伺ってもいいですか。

――玉子さんという方です。

ワインの入ったコップを持つ指先が、ぴくりと震えた。黒砂さんがこちらをちらりと見る気配がした。『蓮池物語』が出版されたのは四十二年前。祖母へのインタビューは、浜中さんが千葉に訪れる前に行われたということになる。

絵の行方について聞かれた時の祖母の話しぶりは、なんとなく歯切れが悪かった。祖母はインタビューで「様子を見に行けなかった」と語っていたが、本当は当時の伝兵衛邸のオーナーと繋がりがあったのかもしれない。そして祖母は椹木勝美先生の協力を得て、優秀な描き手を見つけた。

――そんなよく分からない話を請けようと思ったのは、勝美先生を喜ばせるためですか。

黒砂さんが質問をすると、浜中さんは小さく首を傾げて、数秒考えるそぶりをしてから、慎重に語りだした。

――いいえ、私自身のためです。

――浜中さんのため？

――私は、過去に自分の絵を捨てた人間なんです。昔はあんなに大切に思って、人生をかけようとしていたのに、簡単に捨ててしまった。何かを大切に思う気持ちなんて儚くて、どうせ誰かに足蹴にされてしまう。その前に、手放してしまおうと思ったんです。そうやって生きてきたのに、目の前に現れた絵には様々な人の強い願いが幾重にも重なって、命を持っているように思えました。それが悲しみや怒りであったとしても、なんだか美しく見えた。

浜中さんはいつもより少しだけ早口で語った。その目はカメラを見ているようで見ていない。懐かしそうに、きらきらした目で虚空を見ている。

――私はあの絵に降り積もる存在の一つになりたかったんです。私は血の形を生かすように、赤いドレスを描きました。

――血まみれの絵の世界に……入りたかったということですか？

黒砂さんが怪訝そうな声で問うと、浜中さんは小さく首を傾げた。

――というより、作品を完成させるお手伝いをしたい、という気持ちでした。美術学生だった頃の私は、絵は必ず一人で描くものだと思っていましたけど、複数人で作り上げる芸術作品だってあるでしょう。画家と、先生と、玉子さんと、彼女たちが庇っている誰かが作り上げた一つの絵を完成させる役割に、単純に、わくわくしたんです。

――わくわく、ですか。

浜中さんはいつもの柔和な表情で頷いた。

――無事描き上げることができて、伝兵衛邸でのお茶会で披露すると、先生はとっても気に入って、どこか有名なギャラリーで大々的に展示しようなんて言いましてね……。先生の悪い癖なんですけど、すぐに調子にのって派手なことを言うものだから、当時の伝兵衛邸のオーナーが不安になって、再び絵は地下に戻されてしまったんです。

浜中さんはそう言うと、ため息を吐いて、苦笑した。

――伝兵衛邸のオーナーも蓮池の事件を知る人でしたが、その時大きな会社を経営されていたので、不穏な事件の痕跡を無闇に人目に出したくなかったのでしょう。玉子さんも、目立つことは望んでいませんでした。その後、伝兵衛邸のオーナーが亡くなってしまうと、あれよあれよと言うまに屋敷は市の管理になって、絵を取り出せなくなりました。私が美術館のアルバイトを経てどうにか伝兵衛邸の管理人におさまった頃には、玉子さんも勝美先生も亡くなって、絵を無理に運び出す理由も無くなってしまいました。

――浜中さんは、作品を発表したいとは思わなかったんですか。

――あまり……。人に評価されたいとも思いませんし。作品を愛することと、評価を受けようとすることは、全く別の行為です。ただ、消えないように見守っていられたら十分です。正勝坊ちゃんは、よく私が勝美先生の教室の後継者に相応しいと言ってくれるんですけど、勝美先生は、最初から絵の番人を探すつもりで私に目をかけていたんだと思うのです。何故なら、私にお花の才能は一切ありませんから。

浜中さんはふふ、と笑って、もうこれ以上話すことはないと言うように自ら椅子を立った。インタビュー映像はそこで終わっている。

黒砂さんはノートパソコンをぱたんと閉じて、夜の庭に真昼の海の残像がちかちかと残った。黒砂さんは私の反応を窺うように、ノートパソコンに両手を置いたまま静止した。

「よく……浜中さんがこんな話をしてくれましたね」

私がそう言うと、黒砂さんは小さくはにかんだ。

「僕の秘密を言ったんですよ。誰かの秘密を聞き出す時は、自分の秘密を先に言います。僕は、祖父の日記を彼女に見せました」

黒砂さんはそう言って、くたびれたノートを取り出した。彼の祖父の日記帳はもう何度も目にしたが、私は限られたページしか読んでいない。彼はノートの最初のページを開いた。

『私はかつて文雄という名を持ち、蓮の花咲く街で、創業百年を迎える老舗を営んでいた。しかし空襲の混乱のなかで、家族を傷つけてしまい、名も店も捨てて逃げてきた』

日記のはじめに、まずそう書いてあった。短い文章だが、生まれた場所に対する誇りと郷愁が強く滲む。しかし暗い事件の詳細は全く書いていない。黒砂さんはその文章をなぞって「これを読んだから千葉に来たんです」と言った。

「玉子さんのインタビューを読む限り、ぽん太と文雄はそれなりに花街で名の知れた存在だったらしいのに、お年寄りの方々に尋ねても一切情報が出てきませんでした。浜中さんが語った事件の犯人と被害者だとしたら、彼らが街から姿を消しているのも納得がいく。祖父はぽん太を殺したんでしょう。祖父が戦後の一時期こちらに戻ってコソコソ動き回っていたのは、証拠を隠そうとしていたからなのかもしれません。しかし、既に玉子さんや蓮池の人たちが祖父を庇って事実を隠していたから、彼がここでやるべきことはなかった」

黒砂さんは血まみれの着物の存在だけで犯罪を想像していたのではなかった。しかし、どうやら、ここに送られてきたテープの内容までは知らないらしい。館長にテープを送りつけた人は、祖母の語りを自分だけの胸に秘めて、そのまま亡くなってしまったのだ。

千葉日報に残されていた紙の原稿は、空襲が始まる前で途切れている。あの原稿では、文雄は玉子の大事な友人としてしか語られていない。それなのに、黒砂さんは恐ろしい罪をどうにか見つけようとしている。

「祖父は一度家族を死なせたくせに、遠い街で名前を変えてまた家族を作った。でも失敗した。彼が自分を偽っていたから」

黒砂さんはため息を吐いた。

「僕は彼の前に立つといつも落ち着かない気持ちになって、普段ならしないような失敗ばかりしていました。一度、あまりにも僕がうるさく泣くので首を絞められたことがありました。その時、僕は……彼の本当の家族ではないのかもしれない、と思いました。その直感は、間違いではなかった」

彼は冷たい声で言った。

彼はずっと自分を傷つけた人を恨んで、その相手がもう二度と自分の前に現れないという事実に、打ちのめされている。文雄は黒砂さんに恐怖だけ残して、気持ちを一つも残していかなかった。

ただ、文雄を大切に思う友人の声は、彼の無実をはっきりと語っているのだ。

「あなたの祖父は……文雄は、ぽん太を殺していませんよ」

そう言って、私はテーブルに置いていた封筒を、彼の方にすい、と渡した。

差出人の欄には『黒砂文昭(ふみあき)』と書いてある。その文字は右上がりのひどいくせ字で、黒砂さんの字と、黒砂さんの祖父の字と、切っても切れない血縁を示すようだ。黒砂さんは虚をつかれた顔をして、封筒を見下ろした。

「インタビューの続きが収録されたテープが、ここに送られてきていました。地下室の絵の報道を見て、コンタクトを取ろうとしたようです。祖母にインタビューをしたのは、黒砂さんのお父様だったんですね」

そう言うと、黒砂さんはどこかぼんやりした顔のまま「父が、手紙を?」と呟いて、ゆっくりと封筒を取り上げた。

「……父が、一時期千葉日報で働いていたことは知っていました。多分彼も、祖父の過去を探っていたんだと思います。編集部で玉子さんのインタビュー原稿を発見した時、父が書いたものだとすぐ分かりました」

黒砂さんは便箋に目を落とした。しかしそこには、見ず知らずの館長に向けて最低限の説明をする言葉しかない。彼の声と、祖母の声は、小さな機械の中にある。

「祖母の話を一緒に聞きませんか」

私はそう言って、ラジカセの再生ボタンを押した。

‡‡‡

# 1945年8月

私と、真砂と、ぽん太姐さんの子供の一雄との三人暮らしが始まった。一雄は生まれて間もなかったし、同じ長屋の住人にはあまり私たちのことをよく知る人がいなくて、みんな自然と私の二人目の子供だと思っていた。

文雄とぽん太姐さんのことを考えると、どんどん暗い場所に引っ張られて、足がずぶずぶと泥に沈んで抜けなくなるような気がした。私一人なら沈んだっていいけれど、私が沈んだら真砂はどうしたらいいのだろうか。私は歩き続けないといけない。沈んでいくわけにはいかない。

食堂の手伝いの仕事を得て、細々と髪結いも再開した。これでどうにかやっていけそうだと思った矢先、恐ろしい食糧難がやってきた。戦に負けた日本は、ほとんど何も持っていなかったのだ。食べ物の配給は僅かで、闇市に行っても私の財産ではろくなものにはありつけなかった。一雄だけは、幸いなことに隣人の若い母親がお乳をあげてくれた。

蓮池の芸者の生き残りが何人か心配して食べ物を分けてくれたけれど、みんな同じくらいひもじい思いをしているから、甘えてばかりいられなかった。草の根っこでも、乾いた魚の骨でも、何でも粉々にして煮込んで食べたが、真砂の腕がどんどん細くなっていった。

しばらくすると、真砂に夜尿の癖が出てきた。夜尿をした翌朝は、恥ずかしい気持ちと申し訳ない気持ちがない交ぜになった苦しそうな顔をして、必死で布団を隠して自分でどうにかしようとしていた。私はそのたびに布団を見つけて洗って干した。私は些細なことだと思ったけれど、真砂の表情は日に日に暗く卑屈になっていった。

ある時、道端に落ちていた新聞の切れ端が目について拾い上げた。どうして気になったのか、最初は分からなかったけれど、じっと見ていたら「真砂」の文字を見つけた。誰かが文章の中で正岡子規の短歌を引用していたのだ。

「真砂なす　数なき星の　其中に　吾に向かひて　光る星あり」

きらきら光る、砂のように多い星の中に、さらに強く光るものがある。どんなに混沌とした世界の中でも絶対に見つけられる。もしかすると、浩さんは真砂に名前をつけた時にこの歌を思い浮かべていたのかもしれない。

私は新聞の切れ端を懐に入れて持ち帰った。無性に、綺麗な本が欲しいと思った。真砂は写真や挿絵がちりばめられた本を読むのが好きだったのに、ここ数年新しい本を買っていない。どうにかして手に入れようと考えながら家に帰ると、真砂が高い声を上げて一雄と遊んでいた。久しぶりに大きな声を聞いてほっとする。今日は疎開先から帰ってきた仲良しの子と再会して、楽しくお喋りをしたらしい。真砂の話を聞きながら、ほとんど水に近いおかゆを作って、干した小魚と一緒に食べさせた。

その日の夜、眠りと覚醒(かくせい)の間をうろうろと彷徨っていると、くい、と着物を引っ張られた。隣に目を向けると、真砂が暗闇の中で私をじっと見ていた。私は疲労で体が全然動かなかったが、辛うじて小さな声を出すことができた。

「どうしたの?」

そう言うと、真砂は「厠に行っていい?」と聞いた。

厠は長屋から少し離れたところにあって、夜は真っ暗で危ない。特に近頃は物騒だから、あまり外には出てほしくなかった。私は少し迷いつつ、このまま夜尿させるのも可哀想なので、一緒に行こうかと言おうとした。しかし強烈な眠気に襲われて、ただ「うん」と答えて、眠ってしまった。暗闇に視界が閉ざされていく中で、赤ん坊を起こさないように静かに布団から出る真砂の姿を薄らと見た。

翌朝目が覚めると、隣に真砂がいなかった。慌てて外に探しに出ようとしたら、真砂が土間に倒れているのを見つけた。体を抱き上げるとぞっとするほど冷たかった。背と胸は骨が浮き出てごつごつしていた。もう、こうして抱き上げる年齢でもなかったから、久しぶりに体を触った。彼の白い額に、ぽつぽつと雨のようなものが落ちて、顔が濡れていく。知らぬ間に、私の目から涙がぼろぼろこぼれていた。

私の涙が半開きの瞼の中に入っても、彼はぴくりとも動かない。姐さんたちによく褒められていた真っ黒な艶々した目は光を失っている。

そのままずっと抱きしめていたら、長屋の誰かが医者を呼んでくれた。医者は栄養失調による衰弱死だと言っていた。昨夜、真砂は厠になんか行かなくてよかった。布団の上で用を足したって、次の日洗えばいいのに、どうしてここに居ていいんだと言えなかったんだろう。

私のたった一つの明るい光が、遠いところに行ってしまった。それなのに、私はどうしてまだこの冷たくて暗い場所にいるのだろう。


どれだけの時間、呆然(ぼうぜん)としていたのか分からない。とてつもなく長い時間が過ぎたような気がしていたけれど、数分だったのかもしれない。真砂の体は私の手の中からなくなって、近所の人たちや警察が何人も集まって、あれこれ私に話しかけていた。その時、部屋の奥から子供の声が聞こえた。

私はごく自然に、また真砂が生まれてきてくれたんだと思った。私は急いで部屋の中に走った。そこには、赤ん坊がいた。柔らかくて小さな命。それを恐る恐る抱き上げると、頭の中に不思議な考えが生まれた。

ぽん太姐さんは、私のためにこの子を置いていってくれたのだ。あの人は、何も考えていないように見えて、先を見通しているところがあったから、多分、こうなることを知っていたのだ。母親が二人もいると取り合いになってしまうから、彼女は消えて、もう戻らない。

私はしばらくの間、ぽん太姐さんの子供を真砂として育てていた。しかし私が真砂と呼ぶところを町内会長に見つかって、それはいけない、ときつい声で諭された。

私はぽん太姐さんの子供を死んだ真砂と同じだと思っているわけではないし、身代わりにしようとも思っていない。ぽん太姐さんがあんなことになってしまった以上、もともと私の子供として育てるつもりだったし、死んだ子供の名前を、その後に生まれた子につけるのはよくあることだ。そう説明したのに、会長はいやに確信に満ちた目つきで絶対にだめだと言った。

私は新しい名前を考えようとした。また浩さんにつけてほしくなったけど、彼女は私の側にいない。子供を背負って、海辺を歩いた。砂を踏むと、あの懐かしいピクニックを思い出す。明るい砂浜と潮風と、七色に光る波打ち際。私たちがもう戻れない場所。

私は子供に「海彦」という名前をつけた。真砂が砂だから、いつかあの子のもとに、一緒に行けるように。海と砂浜は絶対に離れない。海彦の名前を呼ぶと、自然と懐かしいあの子を思い出す。

‡‡‡‡

2020年5月

テープを最後まで聞き終えた時、どおんと爆撃のような音が聞こえてぎくりとした。空から銀色の火花がぱらぱら降り注ぐ。何事かと思っていると、黒砂さんが「医療従事者応援のゲリラ花火です」と言って空を見上げた。

群青の空に花火の煙が広がって、徐々に明るい菫色に染まっていく。黒砂さんは火花の欠片が煙の中に消えるのを見届けて、私の顔を見た。滑らかな膜が張った彼の眼球に、私の顔が映り込んでいる。私の顔には彼の面影がある。私たちは瞳の中でお互いの面影を映している。

顔も知らぬ伯父、真砂は戦後間もなく亡くなって、ぽん太の息子が祖母のもとで実子として育てられた。真砂が死んだ直後は混乱していたが、祖母はすぐに立ち直って、ぽん太の子供を育て上げた。

「祖父がぽん太との子供を残していたとは、知りませんでした」

黒砂さんは私の目を見つめたまま、困惑した様子で言った。

「私も、このインタビューで初めて自分のことを知りました。父もきっと知りません」

私は自分の出自に疑問を抱いたことは一度もなかった。父も祖母の実子だと信じて疑ったことがないだろう。祖母は私たちがこの街でずっと生きていられるように、丁寧に生活を形作ってくれた。

このちっぽけな街が嫌いになった瞬間は過去何度もあったし、今もうんざりする部分は多々ある。しかし祖母の話を聞いて、大事な人とのささやかな領域を守ることが、どれだけ大変なのかを知った。私には帰る家がある。これから遠くに冒険に出ることがあるかもしれないけれど、祖母が守ったこの場所にいつでも帰ることができる。

しかし、黒砂さんと文雄の冷たい土蔵はもうなくなった。

「祖父はぽん太を殺そうとしたけど、逆に刺されたんですね」

黒砂さんはそう言って、ぱらぱらと古いノートを捲った。

「戦後に彼が稲毛に戻って探していたのは、ぽん太だったんでしょうか……。再び一緒に死のうと思ったのか、性懲りも無くまた一緒になって支配したいと思ったのか」

「無事かどうか、一目見たかっただけかもしれません」

私がそう言うと、黒砂さんは不可解そうな顔をした。

祖母の語りを聞いていると、どうしても文雄から繊細で優しい印象が拭えない。黒砂さんに対してもきちんと情があったはずだと思ってしまう。勿論、そんなことは、痛めつけられた人の前では言えないけれど。

「文雄は、目覚めてすぐに憲兵に訴えることだってできたのに、誰にも言わずに姿を消しました。それが答えではないでしょうか。ぽん太の罪を露見させたくなかったんだと思います」

　私がそう言うと、黒砂さんは首を傾げた。

「殺されかけたのに、慈しむ心があったということですか」

「私は、あってもおかしくないと思います」

「その心は……冷たい場所で、長い時をかけて変質してしまったんでしょうか。僕は彼の中に、そんなものは感じたことがなかった」

　その言葉に、私はどういう反応をしていいか分からなかった。黒砂さんはぽつりと「可哀想な人です」と呟いて、庭を去った。

## ２０２０年６月

　展覧会はようやく完成してオープンの日を迎えた。レセプションパーティーは招待人数を絞るように言われて、最低限の人々しか招待できなかったが、それでも久しぶりにお客が美術館のエントランスに並ぶのを見て心が沸き立った。招待客は美術関係者と記者が半分で、残りは作家の友人と、千葉の商工会の重鎮たちだ。

　来賓への挨拶は、堂々と主役の表情をしている橋田さんに任せて、私は展示室をゆっくり回った。会場は暗幕を敷き詰めた真っ暗な迷路から始まる。最初に現れるのは、浜口陽三のさくらんぼの版画と、正勝さんの生花だ。暗い通路にぼんやりと現れる花や流木は、晴れ着姿の女性にも見えるし、水面から顔を出す鯉にも見えるし、うずくまっている子供にも見える。

部屋の出口には銀色のスーツに紫色のネクタイを締めた正勝さんが立っていた。

「どう、俺の展示、評判いい？」

「みなさん大喜びで写真撮ってますよ。暗いから全然写りませんけど」

正勝さんは上機嫌に鼻歌を歌いながら、てくてくと私の後ろをついてきた。正勝さんの展示はオープンの二日前にいち早く完成したが、他の部屋はぎりぎりまで完成しなかったので、彼は他の作家がどんなものを作ったのかまだ知らない。

正勝さんの次に現れるのは、黒砂さんの真っ暗な展示室だ。彼は早朝まで編集を続けていたから、今は寝込んでレセプションを欠席している。

黒砂さんの映像からは、謎の絵を追うミステリー仕掛けの筋書きは無くなった。お年寄りたちが表情豊かに過去の海辺の話をして、それが満州国の悲惨な運命と対比を成す。浜中さんのインタビューからも、地下室の絵に関する部分はまるごと切られて、愛新覚羅溥傑仮寓で働く素朴な日々の話だけになった。

彼は最初から公開しない約束で浜中さんに話を聞いたのだろう。七十五年間隠してきた秘密を、私たちが外に出すわけにはいかない。歴史にならないほどにまだ生々しく、親密な過去は、大事に閉じ込めておかないといけない。

私はあのお屋敷で知ったことを自分の生活の場所に持ち帰る気にはならなかった。父に祖母の秘密を話すつもりはない。何故なら祖母がそれを望んでいたからだ。絵さえ残れば、彼女たちの絆は残る。

展示室の中央には、ボワイヨの絵本が入った硝子ケースが置いてあり、黒砂さんは映像の中でボワイヨの絵本のページを映し出して物語を引用している。

ボワイヨの絵本の物語は、嵯峨浩が語っていた話とは少し違うし、私が絵を見ながら想像していた話とも違っていた。中国の王朝をイメージしたお城の中で、王妃が死んだところから物語は始まる。王妃が死ぬと部屋は封印されて、誰も立ち入ってはいけない。それは呪いのせいではなく、遺品や、死んだ状況を無闇に探らせないためだった。

大好きな王妃が死んでしまって悲しむ女官は、死の真相を探るべく、意を決して部屋に入った。すると、死んだはずの王妃が椅子に座って嫣然と微笑み、死んだのは身代わりだと告げた。王妃は自分の身に危険が迫っているのを察知して、数年前からよく似た替え玉を置いていたのだ。

今からこのお城を出て遠くに逃げるつもりだ、と王妃は語って、女官に一緒に来ないかと誘った。女官は一も二もなく頷いて、二人は追っ手を撒きながら星降る夜の砂漠を逃げ回った。これは女官が呪われる怖い話ではなくて、巨大なお城から逃げる二人の女性の冒険譚なのだ。紫禁城から追い出されて、日本軍に利用されながらも民族の再興を狙っていた溥傑のことを思う。浩は彼に寄り添って、混乱する世界を彷徨っていた。そして日本敗戦後は婉容と過酷な逃亡生活を送った。橋田さんが「浩と似ている」と言っていたのは、王妃ではなく、王妃と共に逃避行に出る女官だったのだ。彼女は持ち前の明るい気質を失うことなく、どうにか生き延びた。
映像は黄昏(たそがれ)色の庭で締めくくられる。正勝さんはエンドロールで小さく拍手をしながら「いいじゃん」と言った。

「本当に、完成してよかったです」

ボワイヨの引用パートは、黒砂さんが伝兵衛邸で祖母のテープを聞いた後に急遽足したものだ。真砂と一雄の話を聞いたから、替え玉というモチーフに惹かれたらしい。

「映像はいいけどさ、こっちの絵本は腑(ふ)に落ちない話だね」

正勝さんは硝子ケースに歩み寄って、絵本を見下ろした。

「主人公の女官はさ、替え玉の王妃のお世話もしていたわけだろ。で、替え玉が死んだことは確かなんだから、それはやはり悲しむことなんじゃないかね……。あっさり喜んでついて行っているのが納得できない」

「ふうむ、まあ、そうですけど」

絵本だから細かい情緒は敢(あ)えて省略しているのではないだろうか。この本の主役は、あくまでも宮廷の装飾やダイナミックな風景だ。ボワイヨはきっと中国も実際に旅したのだろう。その驚きと高揚がモノクロームの版画から伝わってくる。しかし、正勝さんはどうも女官の行動が引っかかるらしい。

「まあ、所詮(しょせん)昔話はみんなどこか理不尽だけど。彼女は、自分が慕って支えていたのは、本当の王妃なのか、替え玉の方だったのか、分かっているのかな」

彼はそう呟いて、絵本の中の女官をじっと見つめた。正勝さんはとてもまっすぐで、自分が信じたものを貫き通さないと、美しくないと思っている。正勝さんらしくていいと思うけれど、私は、人はもう少し弱くて柔軟だと思う。愛する人を失ったら、残った者を愛する。本物か偽物かは、一緒に過ごす時間の中で、意味がなくなる。

映像がもう一巡し始めたところで、正勝さんの展示の写真を何枚も撮っていたお客が彼を取り囲み、私は一人で春子さんの展示室に移動した。

彼女の部屋の状況は、私が隔離される前とほとんど変わっていないが、海辺を歩く女が描き換えられている。儚げな淡い色の後ろ姿から、正面を向いて、赤い着物を着て楽しそうに歩く女に変わっている。女はきらきら輝く大きな目でこちらを見つめて、袖を翻して、踊るように歩いている。私は絶対こんなに綺麗に歩けていなかったはずだが、春子さんが奇跡の瞬間をうまく切り取ってくれたのだろう。

展示室に一番乗りしていたのは父だった。彼は展示室の真ん中に突っ立って、赤い着物の女をじっと見ていた。

「お前、随分美人に描いてもらったな」

近づいていくと、彼はそう言って苦笑した。

「これは私じゃないんだよ」

絵の中の女は春子さんの思い出の人だ。ビゴーの絵の中の女性と、面影が重なる。

「子供の時に見た夢を思い出すよ。海辺でさ、着物姿の綺麗な女の人が、こっちに手を振りながら歩いてくるんだ。その夢を見ると、すごくそわそわした気持ちになったんだよなあ」

父がぼそぼそと独り言のように言った。

「それも若い頃のおばあちゃんの夢？」

「いや、その女の人は母さんじゃない。知らない人だ。でも夢の中の俺は、その人のことをずっと待っていたんだ」

父は遥か遠くに何かを探すように、海の絵を見上げた。

やがて白い紬姿の春子さんが大勢の友人やファンを引き連れて賑やかに部屋に入ってきた。絵を見て号泣する人や記念撮影をする人で大騒ぎになったが、父はずっと赤い着物の女の前に立っていた。彼はレセプションの時間が終わって警備員が見回りにくるまでそこにいた。

## 2020年7月

正午の光が短く強い影を落とす。庭の樹々は夏の盛りに向けて目が痛いほどに青く輝き、蝶々がひらひらと飛んでいるけれど、お客は誰もいない。今日、伝兵衛邸は耐震工事の影響で閉館中だ。伝兵衛邸のピロティには作業服姿の人が集まって、なにやら確認作業をしている。優雅な玄関はブルーシートできっちりと覆われて、普段の姿は見る影もない。

私は石のベンチに座って黒砂さんを待ちながら、家の押し入れから引っ張り出したポータブルカセットプレーヤーに祖母のインタビューのテープを入れて、繰り返し聞いている。

——伝兵衛邸の方は空襲の被害はなかったんですか？

——そうみたい。だから古い建物がそのまま残ってるでしょう。浜辺ではよく太った水鳥が、腹が立つくらい呑気に歩いて、食事を楽しんでいたのよね。焼き鳥にしてやればよかった……。

——戦後、浩さんとは会ってないんですか。

——あの方は、ほとんど中国で過ごしていたでしょう。晩年に何度か稲毛にきていたらしいけど、私は顔を見せられなかった。いつかまたみんなで海岸を歩こうと言っていたけど、昔と同じ形はもう無理だから。真砂もぽん太姐さんもいなくて、私も、海辺さえも、全部変わったから。


祖母の話は時々脱線したり、集中力を欠いて行きつ戻りつしたりするが、インタビュアーは程よく相槌を打っている。黒砂さんの父親の声はとても優しい。悲しい時代の話をしているのに、祖母はどこか楽しそうだ。黒砂さんの父親に、懐かしい友人の面影を見ていたのだろう。

芝生に影が落ちて、顔を上げると黒砂さんが立っていた。黒いTシャツに黒いジーンズで、この庭に降り注ぐ明るすぎる光を中和しようとしているみたいだ。Tシャツから伸びる腕は少しだけ日焼けしている。今日はカメラバッグを担いでおらず、片腕に小さなトートバッグだけをかけている。いつも涼しい顔には汗が滲んで、頬に透明な雫が垂れた。

「ご連絡、ありがとうございます」

黒砂さんは静かな声でそう言った。

「いきなり電話してすみません。急にばたばた決まってしまって」

工事で剝がした外壁の材料を捨てずに地下室に置いておくことになったらしく、地下室から急遽絵を出さなくてはいけなくなった。コンクリートの塊や木材を詰め込む時に、絵が汚れるのを気にするのは面倒だと業者が言うと、館長が軽い調子で私に引き取ってもらったらいいんじゃないかと言ったそうだ。館長はあの絵の正体は全然知らないまま、美術館が調査をしていると思っている。

「ひとまず私が持ち帰ろうと思ってるんですが、黒砂さんにもお伺いをしないといけないと思って」

そう言って座るように促すと、黒砂さんは私の目の前の椅子に腰掛けた。私たちは花火の夜と同じように、庭で向かい合っている。あの夜が、今ではとても遠く感じられる。

展覧会は日に日に評判が高まってお客が増えている。正勝さんや春子さんは頻繁に会場に訪れて知人を案内したりメディアの取材に応じたりしているが、黒砂さんは一度も来なかった。

「僕は、あの絵の行く末に何かを言う資格はないでしょう」

彼は淡々と言った。黒砂さんはあれほど熱心に絵のことを調べていたのに、いざ地下室の絵の存在を知っても、見に行こうとはしなかった。

「僕が知りたかったことは全て知ることができました。作品は仕上がったので、もう千葉日報は退職して、別の街で別の作品を撮る予定なんです。もともと、僕はこの街の人間ではないですから」

「分かりました……。では、最後に挨拶をしていってください」

私がそう言うと、彼は困ったような微笑を浮かべた。

伝兵衛邸から浜中さんが出てきて、こちらに手招きをした。彼の手を取って無理やり引っ張る。こんなに暑い日だというのに、手は雪のように冷たかった。人形めいた顔が少し歪む。彼が子供の頃から抱き続けてきた恐れはまだ消えず、祖父の血が塗りつけられた絵画に対面するのは躊躇われるのだろう。それでも今日は地下室の絵が庭で日を浴びる美しい日。私はどうしても彼に立ち会ってほしかった。

「先日、美術館にお邪魔しました。皆さんの思いが溢れたとっても素敵な展覧会でした」

浜中さんの側まで行くと、彼女はいつもの柔らかい笑顔で、ごく普通のお客のようなことを言った。

私は黒砂さんのインタビューを見たことを彼女に伝えている。玉子の孫だということも伝えたら、最初から知っていたと言われた。油断ならない人である。

絵を地上に出すにあたって、作者の一人である彼女が一番持ち帰るのに相応しいのではないかと思ったが、彼女はより長く生きる私に持ち帰ってほしいと言った。彼女も新しい番人を探していたのかもしれない。

エントランスから地下室にかけて、丁寧に養生されて青いビニールシートがぴっちり敷かれている。地下へ下りる薄暗い階段には簡易的なライトが数個取り付けられて、見違えるように明るい。真新しいビニールや塗料の臭いがして、この場所に漂っていた重苦しい気配が薄らいでいる。黒砂さんは階段を下りながら「こんなに深いんですね」と呟いた。

「ええ、とても立派に造られた地下室なんですけど、客人も主人もあまり思い入れはなかったんですね。豪奢な内装やモダンな外壁は様々な人が写真に撮って、解説を書いているけれど、薄暗い地下室について資料を残した人はいません。だからこそ、絵を隠す人たちにとってとても都合がよかったんです」

浜中さんがぽつぽつと語りながら最下層に下りると、地下室はあたたかな光で満たされていた。ずっと照明が切れたまま放置されていたが、工事のためにようやく電球を取り替えてもらえたらしい。地下室の奥に、赤いドレスの女が立っている。赤はますます明るく冴え渡り、祖母の頬は健やかに輝いている。

黒砂さんは絵の前に立って、じっと見つめた。

「不思議な絵ですね」

彼は一言そう呟いた。それから絵に引き寄せられるように顔を近づけて、祖母と見つめ合った。

「話しかけてくるような、感じがしますね」

嵯峨浩は、当初は自分の夢と才能を惜しんで筆をとったが、最後は友人たちへの想いだけが残った。それは祖母に引き継がれて、文雄の血を吸って余計に彼女のもとから離れられない運命となった。そして、色々な人と関わりながら長い時を生きているうちに、この絵自体が意思を持ってしまったように思える。この絵は私と会った時からずっと、私に強く語りかけていた。

「血まみれの姿の時でさえ、どこか親しみを感じる絵でした。勝美先生や蓮池の人たちは、懐かしい友人のように接していました。彼らの大事な友人を思い出すためだけではなく、この時代に亡くなった様々な人の面影を見るために、この絵は残されていたのかもしれません」

浜中さんがそう言うと、黒砂さんがおもむろにキャンバスの前でしゃがんだ。

「ここに海辺が少し残っていますね」

彼はそう言ってキャンバスの端を指さした。ドレスの裾が靡く足元に、白い泡のようなものが見える。下に砂浜が隠れていると思わなければ、光の描写の一つにしか見えないくらいの、ささやかな痕跡だ。浜中さんが「よく気づきましたね」と言った。

「波がとても綺麗だったから、汚れていないところは極力残したんです。昔の海はとても青かったのか、青を誇張して描いたのか……。紺碧の海に白い泡が鮮やかに描かれて、波打ち際は七色に光っていたんです」

そこに隠れた様々な色彩に目を凝らすように、黒砂さんは赤いドレスの裾を見つめた。その目は真っ黒で硝子玉のような光沢がある。彼が何かをじっと見ている様は、どこか、この世のものではないみたいだ。

私は祖母のインタビューを読んでいる時、なんとなく、真砂が大きくなったら彼のような人になるんじゃないかと想像していた。今はもう誰も知らない、彼女の人生から消えてしまった、輝く砂浜のような子供。この絵の中で一緒にいる。

「いつか、海辺を一緒に散歩しましょう」

黒砂さんが絵を見つめたまま、小さな声でそう囁いた。誰に言ったのか、いつの時代の海辺のことを言っているのか分からない、ささやかで曖昧な声音だった。しかし浜中さんが存外軽い調子で「いいですね」と返事をして、それは今の時間を生きている私たちに向けた言葉になった。私も「そうしましょう」と言うと、彼はどこか照れ臭そうにはにかんだ。

「絵を見ていたら、彼女たちと同じようにピクニックをしたくなりました。海はほとんど隠れて見えないのに」

彼はそう言って、眩しそうに赤いドレスの女の顔を見上げた。

「僕はもうここを離れるので、いつになるか分かりませんが」

彼の言葉に、私は「いつでも帰ってきてくださいね」と言った。自分だっていつどこに旅立つか分からないのに、何故だか自信満々に、私は彼をこの海で迎え入れることができると思った。

「私もいつかどこかへ行っても、必ず帰ってきます」

私たちはいつか晴れた海辺を一緒に歩く。潮風と砂に触れて、水平線を見つめる。

地上から、私たちを呼ぶ声が聞こえた。私たちは三人がかりでキャンバスを抱えて、眩(まばゆ)い光が降り注ぐ庭に出た。

参考文献

松谷富彦、小池淳達『蓮池・女人聞き書抄―思い出の花街・吾妻町界隈』（吾妻町青蓮会）
愛新覚羅浩『流転の王妃の昭和史』（中公文庫）
清水勲『ビゴーが見た日本人　諷刺画に描かれた明治』（講談社学術文庫）
清水勲『ビゴーが見た明治ニッポン』（講談社学術文庫）
愛新覚羅溥傑著、丸山昇監訳、金若静訳『溥傑自伝「満州国」皇弟を生きて』（河出書房新社）
千葉市民ギャラリー・いなげ『海気通信』

本書は書き下ろしです。
本書はフィクションであり、
実在の人物・団体等とは一切関係ありません。

装画　荻原美里
装丁　坂詰佳苗

清水裕貴（しみず　ゆき）
1984年、千葉県生まれ。武蔵野美術大学映像学科卒。写真家、グラフィックデザイナーとしても活動している。2016年、三木淳賞を受賞。18年、「手さぐりの呼吸」で「女による女のためのR-18文学賞」大賞を受賞しデビュー。選考委員からは静謐でうつくしい筆致を絶賛された。19年に同作を改題し収録した初の単行本『ここは夜の水のほとり』を刊行。他の著作に、『花盛りの椅子』がある。

海（うみ）は地下室（ちかしつ）に眠（ねむ）る

2023年１月30日　初版発行

著者／清水裕貴（しみずゆき）

発行者／山下直久

発行／株式会社KADOKAWA
〒102-8177　東京都千代田区富士見2-13-3
電話　0570-002-301(ナビダイヤル)

印刷所／旭印刷株式会社

製本所／本間製本株式会社


ISBN 978-4-04-112526-7　C0093